Valéria Brito
Devanir Merengué

# Segredos

L·G·E
EDITORA

LGE Editora Ltda.
SIA Trecho 03 Lote 1760
CEP 71200-030 – Brasília-DF
Tel.: 61 3362-0008 – Fax: 61 3233-3771
lgeeditora@lgeeditora.com.br
www.lgeeditora.com.br • www.lojalge.com.br

Editor
Antonio Carlos A. Navarro

Revisora
Mariana Niederauer

Ilustações e projeto gráfico
Washington Brito

Impressão e acabamento
LGE Editora Ltda.

Apoio
FOCUS – Consultoria em Relacionamentos Interpessoais



Dados Internacionais de Catalogação na Publicação (CIP)

---

Brito, Valéria
Merengué, Devanir.
Segredos. Valéria Brito e Devanir Merengué. – Brasília: LGE, 2010.
103 p. 22,5 cm.

ISBN 978-85-7238-459-9

1. Psicoterapia. 2. Crônicas. I. Título.

CDU 615.832.9
82-94

---

# Sumário

# Apresentação

*"A mentira é uma verdade que se esqueceu de acontecer"*
(Mário Quintana)

Os textos que compõem este livro devem ser entendidos como um jogo. E como em todo jogo, antes de iniciar, é preciso entender suas regras. O jogo que estabelecemos como autores teve a diversão como estímulo. Às vezes, como desabafo. Noutras, a simples construção (supostamente) literária.

Explicamos: somos psicoterapeutas e não escritores profissionais. Mas, somos leitores vorazes de literatura e resolvemos "brincar" com o material cotidiano de todos os clínicos. Como sabemos, psicólogos têm um código de ética compreensivamente severo no que se refere à confidencialidade. Estava aí o obstáculo necessário para escrever: inventar, ficcionar os sentimentos do terapeuta utilizando-se de um outro papel, o de escritor.

As crônicas, os contos mínimos, ou não tão mínimos assim, respeitaram esse espírito: criar sobre as dores, a banalidade, o trágico, o bizarro do cotidiano, levando em conta a privilegiada posição de quem é sistematicamente assolado por segredos e detentor de verdades que não podem ser reveladas.

Pois bem, os segredos podem ser travestidos, dissipados, esquecidos e, como matéria dos sonhos, surgir como outra coisa, uma outra verdade, muitas vezes menos sofrida, outras vezes mais louca. Os segredos que aparecem em nossos textos são, a bem da verdade, dos escritores. Deles, de fato, a (di)versão.

Não é lugar comum dizer que qualquer interpretação dos fatos diz mais de quem interpreta do que dos fatos? Mas, mesmo aí, e sabendo disso, é possível também inventar segredos dos segredos, novas aparências, de outros personagens que assumam verdades estrangeiras. Como bem comentou o filósofo-historiador Michel Foucault: "(...) nunca escrevi senão ficções. Não quero dizer com isso que esteja deixando de lado a verdade. Parece-me que existe a possibilidade de trabalhar a ficção, de induzir efeitos de verdade com um discurso de ficção e de fazer de modo que o discurso de verdade suscite algo que não existe."

Nesse jogo, trabalhamos com a matéria que constitui nossos sonhos, nossas vidas. Portanto, nada mais comum, nada mais exótico.

Valéria Brito e Devanir Merengué

# Despedidas

Um rolo de papel se acumulava no chão. Eu sentava ali mesmo no tapete para ler as muitas páginas que o aparelho de fax havia produzido durante a noite. Foram vários dias, durante alguns meses. Stela havia se mudado para o Canadá com uma proposta de emprego "irrecusável". As páginas escritas substituíam de maneira provisória, pouco ortodoxa e poética, suas sessões. Um desconforto físico para ler as palavras, garranchos mal reproduzidos em um papel enrolado, não raras vezes incompreensíveis, aguçava a sensação de que aquilo não era psicoterapia. Tentava me inspirar ou consolar com as experiências de Freud, lia suas cartas para tantos que procurou compreender à distância. Inútil. A sensação de desconforto permanecia, às vezes, apenas amainada por telefonemas em horários bem combinados e curtos em que proferia algumas obviedades, mais para dar à Stela o conforto de ser ouvida em sua própria língua do que com qualquer outro propósito. Encontrei um profissional que falava português na cidade em que ela estava e a indicação foi aceita com alguma reserva. *Comecei lá com ele, obrigada. Olha, obrigada mesmo! Sem você, não teria coragem de vir, não teria conseguido suportar os primeiros meses. Acho que não volto mais ao Brasil, se um dia vier ao Canadá me avise. Minha cidade é muito afastada das capitais, dificilmente você viria até aqui, mas eu vou até onde você estiver.* Enquanto estive naquele consultório, enquanto aquele aparelho de fax funcionou, ao entrar na minha sala pela manhã, via uma ausência.

Era ainda um homem bonito aos 80. Vestia-se com simplicidade e elegância. Era delicado na voz e nos gestos formais. Mesmo em dias em que estava mais cansado, e caminhar parecia um grande esforço, fazia questão de subir os degraus até minha sala. Em um desses dias, sugeri que utilizássemos a sala de um colega no térreo da casa, e foi a única vez que sua voz tornou-se ríspida: *Sou velho, portanto, faço questão de fazer tudo que ainda posso. Caso seja necessário, eu mesmo solicito, obrigado.* Meu desafio era interromper suas maravilhosas narrativas sobre sua participação nos maiores eventos do país, do mundo, na vida política e acadêmica da cidade que viu nascer, para propor reflexões para seu projeto de vida. Queria estreitar vínculos com o filho caçula, adolescente faminto de expectativas. Esforçava-se para aplainar as arestas com os filhos adultos, distantes de mágoas. Sua suavidade de gestos e lentidão de caminhada contrastavam com a urgência de mudança. Ao final do ano, "*produtivo em muitos aspectos*", despedimo-nos com um abraço, o primeiro, e desejos mútuos de *Boas Festas!*. Ao retornar das férias, recebi um aviso da família comunicando seu falecimento, sereno, nos primeiros dias do ano. Ao ver no anúncio de jornal em que a família agradecia os pêsames, os nomes dos filhos unidos, dispostos na sequência em que ele os descrevia, senti muitas coisas, sobretudo, gratidão. Sim, fizemos tudo que ainda podíamos.

Um dia, Roberto sumiu, sem aviso. Não consegui associar sua saída a nada. Fiquei um pouco preocupada, Roberto era muito jovem, tinha uma vida bem difícil, estava muito frágil emocionalmente. Discuti o caso em supervisão. *Psicoterapeutas não perseguem seus pacientes. Não tem psicoterapia compulsória. Às vezes, o paciente não se despede para manter o vínculo. É preciso acostumar-se às várias maneiras que os pacientes têm de se despedir. Mas é preciso confiar na sua intuição. Se está preocupada, ligue, mas apenas uma vez. Lembre-se, o propósito é ajudá-lo, não é aplacar sua ansiedade.* Roberto não atendeu ao telefone. Liguei algumas outras vezes, esqueci. Passaram-se muitos anos, nunca soube o que aconteceu com ele.

# Supervisão

*O que é um supervisor, mamãe?*

(a mãe, saindo do carro apressada, olha para a criança. No meio sorriso, um misto de orgulho pela pergunta inteligente e apreensão. Como explicar isso para um menino de 4 anos?)

*Ah, eu sei! Ele tem uma Super Visão, né? É como o super-homem!*

Sempre que contava essa história para meus supervisionandos, me lembrava dele. Com um misto de doçura, tristeza, saudade, admiração...

Não, ele não era um super-homem, ou talvez fosse. Era super engraçado e tinha mesmo uma super visão. As sessões de supervisão eram sempre animadas, contava sempre as mesmas anedotas, mas eram sempre engraçadas. As observações sobre os casos não eram particularmente consistentes em termos teóricos e, muitas vezes, os nomes das técnicas eram trocados. Mas sua experiência como psicoterapeuta era vasta, intensa. Vestia-se sempre de branco, hábito incomum em psiquiatras, parecia um pai de santo. Nas aulas, aprendia a ser psicodramatista, com ele aprendia a ser psicoterapeuta. Aprendi como me valer dos conceitos para colocar em prática a filosofia do criador do Psicodrama. Meu supervisor me ensinou que a grande técnica era a disponibilidade verdadeira para o encontro com as pessoas e suas dores, nas suas variadas formas.

Era um super-homem. Super consciente de sua atividade como psicoterapeuta, uma atividade profissional. *É o seu trabalho, estudamos muito e vamos continuar estudando para realizá-lo bem. Como supervisor, estou ensinando 'o pulo do gato", tenho que cobrar mais que os outros.'* Ensinou-me a pagar e a cobrar pelos serviços. Incentivou-me a abraçar a carreira pública como modo de *fazer uma distribuição de renda justa: quem pode pagar paga bem, quem não pode, não paga nada.*

Era apenas um homem. Ironicamente, não usou seus conhecimentos para si mesmo. Eu nunca soube ao certo o que aconteceu. Eu fazia supervisão com outra pessoa, não nos víamos há alguns anos. Pelo que me contaram, estava deprimido, seriamente. Parece que consultou um colega de outra cidade, os colegas de sua geração mencionaram uma crise familiar. Nós, seus alunos, não soubemos de quase nada.

Enforcou-se, com uma corda sintética presa à maçaneta do consultório.

*Um supervisor, meu filho, nos ensina muitas coisas. O meu primeiro supervisor me ensinou que ninguém vê tudo.*

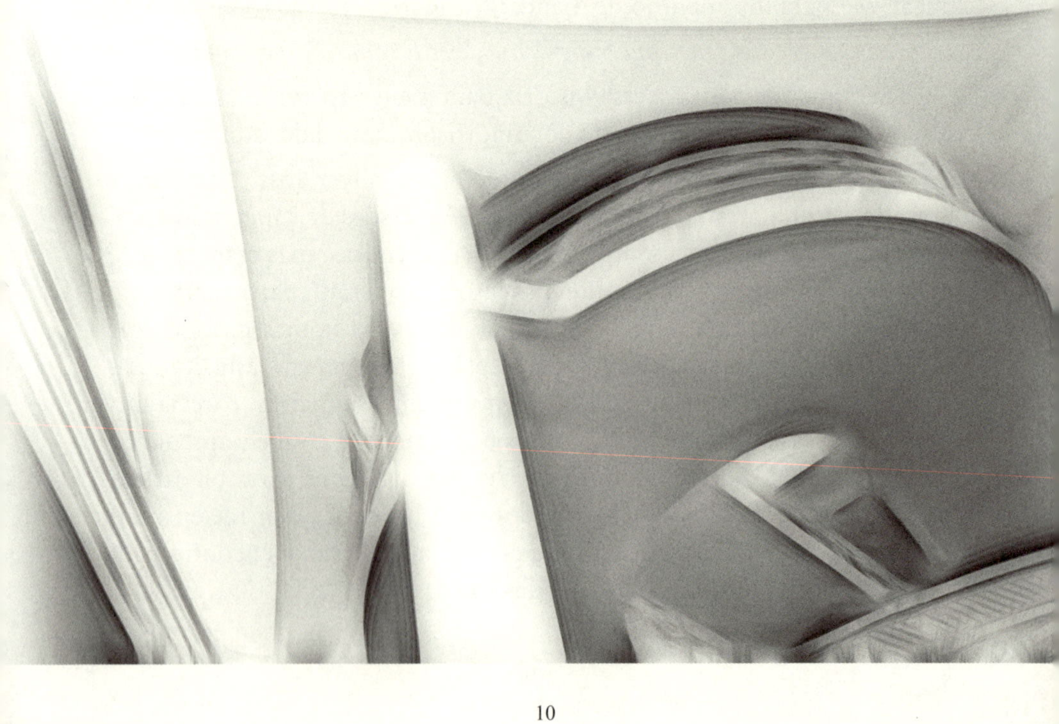

# Crianças

O pai era médico, a mãe pianista. Marina sofria. Sofria com a ausência do pai, com a frieza com que ele a cumprimentava passando a mão nos seus cabelos louros e dizendo com voz infantil: *Como você é linda!* Sofria com a presença do irmão mais novo que roubava toda a atenção da mãe, que não era muita depois dos concertos, gravações, aulas.

Marina sofria e ninguém notava, linda, loura, rica, inteligente e gentil, todos a achavam maravilhosa. Todos os adultos. As outras crianças, não. As meninas, entre enciumadas e invejosas, a chamavam de *metida*. Os meninos, entre desejosos e temerosos, *nem olhavam* para ela.

Marina tinha pesadelos, terrores noturnos. Marina não se lembrava bem dos sonhos, mas seus gritos *acordavam a casa toda* e preocupavam a babá que *levava um tempão* para acalmá-la.

Marina tinha oito anos quando nos conhecemos. Seu pai, que já havia feito psicoterapia, trouxe-a na primeira vez *para ela ter alguém preparado para conversar*. Sua mãe, depois de muita insistência, apareceu um dia ao final da sessão e disse rapidamente: *Não concordo, acho uma bobagem, pesadelo é coisa normal. Mas o pai quer e ela me disse que gosta. Como ela não tem outra atividade nesse dia à tarde, não me importo. A babá traz.*

Marina era muito independente. Decidia sobre suas roupas, sua alimentação. Decidia sobre suas atividades: violino, natação, inglês. Trazia os cheques e levava os recibos. *A Vilma é legal, mas ela não sabe direito certas coisas e se der alguma coisa errada, eu não quero que meus pais briguem com ela.*

Marina desenhava muito. Flores, flores, flores. Marina contava histórias e gostava de usar fantasias nas dramatizações. Em pouco tempo, não tinha mais pesadelos. Mas, começou a *desobedecer, fazer birra, brigar com o irmão*. O pai e a mãe apareceram, juntos, preocupados. *Ela está pior!* Não tinham disponibilidade para compreender o sofrimento de Marina. *Ela tem tudo.* Não tinham disponibilidade para estar mais perto de Marina. *Somos muito ocupados!!* Entendiam meu trabalho. *Sabemos que a terapia provoca sentimentos, mas não temos como cuidar disso. Será que não é o caso de uma escola em período integral?*

Marina foi estudar numa escola bilíngue, de período integral. Fez novos amigos, entrou para um time de futebol. *Não é muito feminino, mas ela gosta e ficou bem mais calma.* Não havia celulares naquela época, Marina pediu o número do meu bip: *Às vezes, quero contar umas coisas para você e se espero a sessão, esqueço.*

Marina me ligou em um sábado à noite. *Estou na casa da minha amiga e não acho meus pais e é folga da babá. Você pode vir me buscar?* Encontrei o pai, ele mandou um táxi, Marina dormiu na casa da avó. Marina me ligou no domingo pela manhã. *Dormi na casa da minha amiga e minha mãe até agora não veio me buscar. Eles vão sair, o que eu faço?* Encontrei a avó, ela não sabia onde estavam os pais e não podia ir, mandou o motorista. Marina me convidou para seu jogo de futebol. *Meu pai disse que vai, mas já sei que não vai. Minha mãe não gosta. Queria apresentar você para minha professora.*

Conversei com os pais de Marina. Eles explicaram suas dificuldades em conciliar atividades. Perguntaram-me se eu não poderia cobrar como uma sessão e atender aos pedidos dela. Eles não entendiam meu trabalho. *Nós somos muito ocupados, ela se sente sozinha e gosta de você. Terapeuta de criança é meio como uma babá ou uma professora, não?*

Marina ficou em terapia por mais uns poucos meses. Sua mãe descobriu que seu pai tinha *várias amantes*, separou-se. Marina mudou-se com a mãe e o irmão para o exterior. *Fica com meus desenhos, para você lembrar de mim.*

Inspirada por uma de minhas supervisoras, eu queria ser uma psicodramatista que atendia pessoas de todas as idades. Depois que tive filhos, parei de atender crianças.

## Felicidade

Não é que não gostasse propriamente da decoração exagerada e quase sempre de gosto colonizado. Ou do clima de compras compulsivas, de confraternizações compulsórias. O que mais incomodava era a tal felicidade: Feliz Natal, Feliz Ano Novo, Feliz Aniversário...

*Que coisa irritante! Como assim feliz isso, feliz aquilo?! Quem pode ser feliz com tanta tristeza e miséria nesse mundo?*

Balançou a cabeça afirmativamente, como sempre fazia quando ele tentava esboçar alguma revolta, eram tão poucas as situações em que a agressividade, tão grande quanto cuidadosamente evitada deixava-se entrever, que a terapeuta achava aceitável expressar uma concordância leve.

Mas ele reagiu inesperadamente:

*Por que você faz de conta que concorda?! VOCÊ NÃO CONCORDA! Você já me desejou Feliz Aniversário e tem um cartaz bem grande lá embaixo desejando FELIZ NATAL!*

Por um lapso de tempo incalculável - a natureza do tempo nesses momentos é muito mutante, às vezes intangível, às vezes mais dura que o concreto armado. Por um lapso que pareceu infindável para ele, ela considerou a pergunta. Será que acreditava na felicidade, essa das frases feitas que usamos nas festas?

*Sim, Pedro, eu acredito em felicidade, como acredito em amor, em justiça, em...*

*AH, QUE MERDA! NÃO ME ENROLE! Você fica feliz no Natal? No Ano Novo? Nos aniversários?*

*Às vezes, depende...*

*Então, você fica ou ficou, então, não precisa acreditar, você conhece essas felicidades.*

Você não?

*Não, NÂO, não... Você sabe que não. Felicidade que eu saiba é um dia sem medo. Não me lembro de um dia em que não senti medo. Há momentos, horas seguidas, às vezes. E até dias, mas com a medicação. E aí não é um dia sem medo é um dia com medo de ter que tomar o remédio para sempre. Desde que me entendo como gente tenho medo, medo, medo. Como se pode ser feliz com medo?*

*A felicidade para você seria não ter medo?*

*Para mim, não, para todo mundo! As pessoas quando estão felizes não têm medo de morrer ou de qualquer outra coisa! AH, você sabe!*

*Não, para mim, é diferente. Eu já fui feliz em momentos em que tive muito medo, medo de morrer também.*

*Você já teve medo de morrer?! Você?!*

Por um lapso de tempo incalculável – a natureza do tempo nesses momentos é muito plástica, às vezes infinita, às vezes mais breve que um segundo. Por um lapso que pareceu quase palpável para ele, ela falou.

*Sim, Pedro, muitas vezes! Eu tenho medo, medo de muitas coisas! Da morte também, mas mais ainda da vida, de viver sem sentido, de me perder em devaneios enquanto os prazeres se esvaem. Tenho medo por mim, pelos que amo. Por você também.*

Silêncio. Ele abaixou os olhos, não conseguia chorar há muitos anos, pensou que esse seria o momento perfeito, mas o momento passou. Sentiu que ela se importava mesmo com ele, escondeu um sorriso. Silêncio.

Silêncio. Ela lembrou-se, com gratidão, de sua própria terapia, de uma sessão específica, há muitos anos. Sua terapeuta contou-lhe como se sentia com a proximidade da aposentadoria. Balançou a cabeça afirmativamente. Silêncio.

Por muito tempo, muitas sessões, lembravam-se desse lapso de intimidade, um momento frágil e poderoso. Silêncios como esse primeiro, uma felicidade delicada.

# Nós

Dan, Fa e Bia formavam um trio. Bia morava sozinha e conheceu Fa numa festa, foram juntos para o apartamento dela já na primeira noite. Três meses depois, decidiram morar juntos. Dan era amigo de Fa, quer dizer, colega de curso na Universidade. Depois de formados, se viam em festas e shows e se cumprimentavam de longe. Em um desses encontros, Fa estava com Bia e ela pediu que a apresentasse. Foi instantâneo, conversaram os três pela noite afora, terminaram dividindo a mesma cama na casa de Bia e Fa.

Antes de dois meses, Dan saiu da casa em que vivia com a namorada há quase três anos e foi morar com Bia e Fa. Estavam os três juntos há uns sete meses e tudo corria bem, dividiam tarefas, dividiam o orçamento, mas o apartamento era pequeno. Os três estavam bem no trabalho e resolveram mudar-se para uma casa maior, aí começaram os problemas. Fa queria um quarto de casal com Bia, Bia queria um quarto para cada um, Dan nem queria ir para uma casa, detestava tarefas domésticas e temia que aumentassem. Pensavam também em ter um filho...

Eu ouvia a história estarrecida. Recebera um telefonema marcando uma sessão de família e lá apareceram os três. E antes que pudesse esboçar alguma pergunta, contaram-me os fatos com detalhes, um complementando o outro e com uma naturalidade impressionante. Desisti das perguntas e comentei meu espanto. Eles riram e me contaram que o colega que os indicou disse que poderiam me procurar despreocupados porque eu *não me chocaria com nada*. Expliquei que de fato não estava chocada, estava confusa. Eles eram dois casais ou um trio? Explicaram que eram um trio, Bia era a mulher dos dois, Fa e Dan eram amigos, não havia nada de sexual entre eles porque Fa era lésbica. Ah...

Vieram a umas três sessões e dramatizamos algumas possibilidades de solução para a divisão de espaço que, claro, era uma divisão de poder. Optaram por um quarto para cada um e uma faxineira. Resolveram deixar para pensar no filho mais tarde porque, enquanto faziam terapia, Fa, que seria a pessoa a engravidar, ingressou num programa de pós-graduação. Os apelidos andróginos contrastando com as aparências tão tipicamente masculinas e femininas, o bom humor para tratar das situações de ciúme, a organização dos pares para se encontrar com privacidade – até já haviam dormido juntos, mas não havia sexo a três, tudo me surpreendeu nessa família. Soube que continuam juntos, não sei se tiveram filhos.

Famílias que não seguem os padrões ditos normais de composição e funcionamento, muitas vezes, procuram o espaço dramático como um espaço de reconhecimento. Alijadas das rotinas mais comuns de interação entre famílias, às vezes circulando com liberdade apenas em grupos restritos, essas famílias encontram na psicoterapia um lugar de confirmação e acolhimento. Com elas, trata-se menos de encontrar os pontos de conflito, de identificar dinâmicas repetitivas e superá-las, e mais de validar a legitimidade de sua busca pelo encontro, a despeito das peculiaridades de suas escolhas.

O pai deixou um recado que queria marcar um horário, mas não poderia ser com a secretária, queria falar só comigo. Liguei e ele me explicou que era o pai de uma *família gay* e queria marcar um horário. Disse que não havia problema. *Achei melhor avisar logo, não sei como são essas coisas.* Perguntei quantos eram. *Somos cinco, incluindo o genro.* Combinamos um horário. *É mais para ver se precisamos mesmo, tenho dúvidas.*

Na hora marcada, estavam os cinco me aguardando, não mostravam nada de especial. Pai, mãe, dois filhos, um genro. Os pais me contaram que se conheceram muitos jovens, no interior, casaram-se e tiveram os dois filhos com apenas um ano de diferença. As crianças ainda eram pequenas quando se deram conta que tinham *desejo por pessoas do mesmo sexo*. Viveram histórias em paralelo ao casamento até que encontraram parceiros fixos, *primeiro eu namorei firme com um colega de trabalho, depois ela saiu de casa para morar com a namorada dela. Contamos às crianças desde sempre e elas acho que não tiveram problemas com isso.*

O filho interrompeu para dizer que tinha tido sim muitos problemas, mas superou e não foi fácil *assumir a sexualidade*. Contou que namorou meninas, mas que há cerca de três anos havia se mudado para o exterior com o namorado estrangeiro. A filha, grávida de quatro meses, tomou a palavra e disse que não tinha problemas com as escolhas dos outros, mas que o problema é que eles não aceitavam que ela fosse *hetero*. Contou que queriam que seu marido *achasse tudo normal* e que *tinham que entender que as coisas iriam mudar com a chegada do bebê.*

Seguiu-se uma acalorada discussão sobre fatores genéticos, ambientais e culturais na formação da sexualidade que tomou toda a primeira sessão e repetiu-se em todos os encontros, com intensidade cada vez menor. Falaram sobre o passado, as dificuldades para *assumir* suas escolhas no trabalho, na vizinhança, nas férias. Falaram sobre o presente, o casamento *muito rápido*, a gravidez não planejada, a dependência econômica da filha em relação ao genro, as saudades do filho distante. Mais do que tudo, falaram dos seus temores em relação ao futuro. A grande questão era se seria possível integrar o casal *hetero* à *família gay* e diminuir as expectativas sobre o futuro do bebê.

O genro permaneceu calado e atento até a penúltima das seis sessões. De quando em vez perguntava como ele se sentia e se queria acrescentar algo, as respostas eram sempre: *bem* e *não*. Os outros todos eram tão ruidosos em seus relatos de experiências em *defesa de direitos, diversidade, liberdade, independência*... Ele se considerava *comum e sem graça, estava apaixonado e feliz por ser pai, não queria fazer um manifesto.* Era filho de um casal de agricultores de uma pequena cidade no Sul, tinha muitos irmãos, mas pouco contato com a família desde que viera para Brasília cursar a faculdade. Quando pedi que avaliasse nosso trabalho até o momento, me surpreendeu dizendo: *Eu aprendi muito vindo aqui, quando estou com vocês fora daqui tenho vergonha de fazer perguntas. Fiquei muito emocionado com as histórias... Mas, acho que não precisamos de terapia. Eu me impressiono com a coragem de vocês. Eu estou inseguro. Não sei como será o futuro e se nossos filhos serão ou não gays, mas tenho outros medos, que para mim são maiores*. Ouvindo-o, os outros emocionaram-se, falaram de seus medos. O irmão, das dificuldades do relacionamento intercultural, da dúvida em casar e obter a cidadania, os pais do medo da velhice, do susto de serem avós. Na sessão seguinte, trouxeram os companheiros, *avós tortos*. Algumas vezes, os vi de longe, em um shopping, no cinema, no restaurante... Parecem bem.

"Todas as famílias felizes se assemelham; mas cada família infeliz, é infeliz a seu modo."(L. Tólstoi)

# *Breathless*

Entrei tranqüila na clínica porque estava adiantada para meu primeiro paciente do dia. Planejava ler um pouco, fazer uns telefonemas...

*Doutora esse senhor está esperando.*

Olhei para a secretária sem entender e ela me retornou um olhar igualmente inquisitivo. Voltei-me para o homem de terno que estava sentado na sala de espera.

*Sim, pois não. Em que posso ajudá-lo?*

*Desculpe, é uma emergência. Meu... méee-di-co... me disse pa-ra pro-cu-rar uma p-siii-cóloga e indicou a se-nho-ra... Eu, eu não esss-too-uuu beemmm.*

(os olhares de outros dois pacientes que aguardavam e o da secretária foram unânimes em concordar com ele)

Parecia cansado, ou gago, de todo modo era aflitivo ouví-lo e, lamentando perder os minutos que pensara dedicar ao artigo que pretendia ler, convidei-o a entrar na minha sala.

Bruno (ele gostaria de ter um nome mais moderno) falou rápido, sem as pausas entre as sílabas, mas com longos suspiros.

*Não consigo respirar. O médico fez exames e disse que era psicológico e me deu seu nome. Estou aqui há quase uma hora, a secretária me pediu que esperasse. Desculpe, eu sei que tem que marcar hora. Mas é uma emergência! Não consigo respirar! O que devo fazer? Deve ser rápido, nunca tive isso, sou muito saudável!*

*Entendo, imagino que seja mesmo muito desagradável. O médico prescreveu algo para aliviar um pouco a sensação?*

*Prescreveu, mas eu não tomei ainda. (tirou a receita do bolso interno do paletó e me entregou). Quis vir aqui antes. Vou melhorar?*

*Sim, a medicação vai aliviar um pouco o seu desconforto. Eu vou fazer algumas perguntas agora e isso também deve ajudar. Mas eu tenho apenas alguns minutos, então, hoje é só um primeiro contato. Agendaremos um horário para a primeira data disponível e, então, combinaremos melhor, OK?*

(colocou-se mais na ponta da cadeira e me fitou)

*Perguntas? Pensei que a Sra. me diria o que fazer para voltar a respirar melhor. (suspiro) Sua secretária não me deixou pagar essa, mas vou precisar de mais consultas?*(suspiro)

*Sim, estou entendendo que sua falta de ar é um sinal de ansiedade e se falarmos um pouco sobre isso, em geral, alivia. Mas precisaremos de algum tempo para compreender a ansiedade em si...*

*P-e-r-gunnnnn-tee-ee.*

*Me fale um pouco sobre como está sua vida, se houve alguma mudança recente...*

Em menos de dois minutos, sem pausas e nem suspiros, como se falasse em um único fôlego, me contou que tinha 54 anos, que estava recém-separado, tinha duas filhas adultas e um prestigiado emprego público. Recentemente, iniciara um namoro com uma mulher vinte anos mais jovem. Disse-me que estava na melhor fase de sua vida, não se sentia ansioso.

*Com tantas mudanças, na melhor fase de sua vida, como se sente?*

*Bem, muito bem. Mas há uns dois dias, minha namorada passou a noite em minha casa pela primeira vez e me disse que entendia porque meu casamento tinha acabado. Eu fiquei muito surpreso, ela me disse que eu deveria perguntar a minha ex-mulher como era nossa vida sexual. Aí eu fiquei confuso. Tinha dito a ela que minha mulher tinha pouco interesse em sexo e que esse era um dos motivos pelos quais me separara. Ela riu e disse que entendia, mas que eu deveria mesmo perguntar. Por acaso, naquela tarde, fui a um evento de uma de minhas filhas e encontrei minha ex-mulher. Somos muito amigos, o casamento acabou muitos anos antes da separação, ficamos juntos até as meninas crescerem. Ela ficou com a casa, tem um bom emprego e é ainda bem bonita. Contei a ela sobre a conversa com minha namorada e ela riu. Ela riu e me disse que gostava muito de sexo e que nunca tivera coragem de me dizer o quanto eu era um amante sem jeito, apressado. Disse que torcia por mim e que esperava que minha namorada me ajudasse. Fiquei muito envergonhado. Não esperava. Não tive tempo de falar com minha namorada, íamos nos encontrar hoje, mas passei mal... Vou vê-la amanhã... A Sra. não acha que foi isso que me tirou o fôlego, acha?*

*Não sei, mas me parece uma situação difícil...*

*É* (suspiro) *nunca pensei* (suspiro), *nunca pensei. Eu nasci no interior, minha primeira vez foi com uma puta. Minha esposa foi minha primeira namorada firme, casamos muito jovens, ela era virgem. Nunca foi muito bom com ela. Saí umas vezes com umas garotas de programa, mais nada. Quando me separei, pensei que teria a vida sexual que sempre imaginei. A Mônica* (ele gostaria que ela tivesse um nome mais tradicional) *é tão linda, jovem...* (mais suspiros e algumas lágrimas)

(passando a caixa de lenços) *Pois é, Bruno, parece que está mesmo difícil atravessar esse momento. Você acha que podemos marcar uma sessão?*

Marcamos a primeira sessão para o dia seguinte. Bruno fez psicoterapia por mais de dois anos, nesse período, casou-se com Mônica. Nessa semana me enviou um e-mail para contar que a filha mais velha vai se casar.

# Penélope Charmosa

Não era propriamente bonita, mas chamava atenção com suas roupas discretamente provocantes. O cabelo longo, cuidadosamente loiro, a maquiagem sempre renovada e as unhas - em variados tons de vermelho - impecáveis. Queixava-se de dores, alergias, insônias, problemas gástricos... Entre uma e outra queixa, alguns detalhes da vida, principalmente o trabalho.

O chefe, vivia em outra cidade, vinha poucas vezes a Brasília, apressado. Conversavam muito sobre seus planos futuros - os dele - e ela se considerava parte daquela vida que ele descrevia com detalhes de glamour. O chefe era *a razão de sua vida* e não poucas vezes o celular especial, que era só para falar com ele, interrompia a sessão. Ele sempre tinha novas demandas e a valorizava muito, *acho que ele tem uma queda por mim, mas é sério e casado.*

O namorado era o contraponto ao chefe. Era "doido" por ela e por tudo mais. A vida com ele era sempre cheia de surpresas, e mudanças, e tratamentos, e crises. Falava dele sempre às pressas, uma narrativa de rádio-novela, diálogos intensos com ranger de portas, gritos, sussurros. Falava sempre que não podia deixá-lo, *coitado, não está bem, precisa de mim*!

Umas poucas vezes, falava sobre as amigas, dividiam-se em dois times: as do passado e as do presente. As do passado, via pouco, mas com elas compartilhava valores tradicionais. As via pouco porque as três eram casadas, *não sei, acho que têm ciúmes de mim, nos afastamos,não sei.* As do presente, mudavam com frequência, era tudo muito intenso no começo, passavam muito tempo juntas, usavam as mesmas roupas, perfumes, liam os mesmos livros. Mas, então, surgiam os homens, *aí tudo muda né? Elas são muito mais soltas, fazem umas loucuras! Estou saindo com uma pessoa do curso.* Sim, os cursos. Eram muitos, ikebana, danças circulares, pós-graduações em sua área, uma infinidade de atividades que tomavam o pouco de tempo que sobrava entre os telefonemas e e-mails do chefe, as crises do namorado.

A família era o tema menos mencionado, o mais difícil. Tinha muitos parentes, mas se relacionava pouco com eles. Vivia com os pais, mas também se relacionava pouco com eles. Foi criada por uma tia, que morrera há poucos anos, *as alergias começaram logo depois da morte dela.*

O carro. O carro era uma de suas maiores alegrias, ou melhor, os carros. Sempre lindos e novos, importados, com todos os acessórios. Demandavam uma pesquisa exaustiva antes de serem comprados. E um longo tempo de dúvida. *não sei não, vi um mais bonito, talvez se tivesse esperado mais, poderia ter comprado um mais novo, mais rápido, com um câmbio diferente, ou de outra cor.*

As joias. Colecionava brincos e pulseiras. Exibia-as com discrição, mas sempre estavam lá. Endividava-se para comprá-las. *Foi caro, mas é coisa boa, não pude resistir, a verdade é que nem tentei.*

Assim, passaram-se anos. As dores cada vez menos frequentes, *as alergias sumiram.* O chefe arranjou uma amante e foi trabalhar em outro lugar, mas ela manteve-se no emprego, com apenas um celular, que agora mantinha desligado nas sessões. Com uma das amigas brigou tão feio que foram parar na polícia. Outra tia morreu. Um dos sobrinhos escapou por pouco. Cuidou dos pais idosos em mais de uma internação. O namorado voltou para cidade de origem e se casou. Apaixonou-se pelo tênis e agora é no clube que encontra *os conhecidos, amigos são muito raros sabe?*

Homens são seu maior desafio. Muitos a cortejam, saem com ela, *como posso dizer que sou virgem aos 40 anos? quem vai acreditar? ou querer?*

Nas sessões, continuávamos falando - dramatizar jamais foi uma possibilidade - sobre trabalho, joias e carros. A vida, as mudanças, os desafios, eram como notas de rodapé. E o cabelo deixou de ser tão cuidosamente loiro e, às vezes, vinha sem maquiagem. Uma vez veio até com o cabelo molhado e uniforme de tênis. E comprou um carro popular, com medo de assaltos, *sou uma mulher sozinha, tenho que me cuidar*. Mantinha as joias. A única vez que me ligou *de emergência* foi para perguntar como reagir ao presente de um cliente, uma jóia. *Eu já tenho, mas não quero ser indelicada. como dizer não?*

Como se tornara uma mulher sob aquela personagem de desenho animado? Muitas vezes me perguntei de onde vinham as mudanças. Nossa relação se parecia tão pouco com o que se convenciona chamar de psicoterapia, ainda mais psicodramática.

Como para outra Penélope, a grega, o tempo de espera era em si mesmo, a cura.

## No aeroporto

Ela começou a escrever principalmente para evitar o doce e melancólico olhar que a senhora sentada à sua frente insistia em lançar. A senhora havia tomado conta de suas coisas enquanto ela foi em busca do celular, esquecido no balcão de embarque. Na volta, a senhora ouviu as últimas palavras da conversa ao telefone:

*A gente se fala... Beijo.* A senhora viu suas lágrimas.

Ela chora muito, mas apenas na presença da beleza extrema, obras de arte, música, teatro, filmes como o de ontem à noite, e livros... Ela nunca chora por suas tristezas. Ela é uma mulher muito racional, nunca chora por si mesma, nunca. Mas hoje não. Hoje ela chora, chora por ele. É para ele que ela escreve? Não se pode dizer. Ela escreve no computador e também em um pequeno bloco de anotações. Ela escreve para evitar o olhar das pessoas que esperam pelo embarque, para evitar que vejam suas lágrimas.

*Mas, por que ela chora?* - pensa a senhora. A senhora olha para ela uma última vez e sai andando. Ela tem lágrimas em seus próprios olhos, ela sabe, ela se lembra como é doloroso dizer adeus. Uma vez teve alguém que amava e precisou deixar, ela lembra. Despede-se como se a conhecesse: *Tudo de bom!* É verdadeiro, a senhora realmente deseja que ela pare de chorar. Realmente deseja que ela veja o amado novamente, em breve. Pelo que ouviu - ela falava com ele tão carinhosamente - parece evidente que são felizes, deve ser apenas uma questão de tempo. A senhora caminha de volta para sua própria vida, vagarosamente, imaginando o futuro.

Ela olha o grande relógio na parede, uma voz metálica convida para o embarque.

O telefone toca e ela pensa: *É ele. Atravessou a chuva, o rio bloqueando a rua, o engarrafamento, e veio ao aeroporto.* Por um instante antecipa o beijo, o abraço, o tempo que não tiveram. Os carinhos que ela tanto deseja e são tão raros com ele.

Não é ele. Um amigo, preocupado com as notícias da enchente, se oferece para apanhá-la, caso ela não consiga embarcar. Ela sorri. Assegura que está tudo bem, o vôo sairá no horário. *Obrigada pelo cuidado!*

Mais lágrimas. Mais uma viagem. Ela escreve a última carta.

# De livro

Disseram-lhe uma vez: *Seu caso é de livro!* O que queria dizer isso? Não sabia e desconfiava que não fosse bom.

Ela não queria ser *de livro*, ou melhor, não se sentia *de livro*, previsível, comum. Um conjunto de dores incomuns e variáveis, um sofrimento de anos. Insuportável. Não fosse católica, teria posto fim ao sofrimento, mas temia a morte. Não o Inferno, mas o Céu também. Temia a morte, temia tornar-se invisível, como se sentia. Inviável.

No trabalho até se destacava aqui e ali, ocupava mesmo uma posição de chefia: coordenadora. Contudo, sentia-se sempre invisível, desconheciam-na. *Uma atriz.* Sim, sentia-se uma atriz. Quisera mesmo estudar teatro na juventude. O pai, preocupado com seu futuro, com razão, fizera-a estudar algo mais prático. Completou a faculdade, fez um concurso disputado, passou, e agora era coordenadora da seção. Atriz, Dramática, Histriônica. Preferia isso tudo, com o tom pejorativo que os terapeutas e ela mesma empregavam, do que o infame: *De livro.*

Perguntou, então, a essa nova terapeuta, que se dizia *psicoterapeuta psicodramatista*, perguntou sem hesitar, porque ensaiara muitas vezes antes: *Você me considera um caso de livro?*

Quase ficou com pena da pobre, coitada, deveria ser inexperiente. Parecia nova, mas talvez não fosse... Era séria demais para ter a idade que parecia. Ou mais velha do que parecia porque era séria. Emendou: *Já me disseram isso... Era uma psiquiatra muito experiente. Então, quero que você me diga se ela estava certa...*

Pronto, preenchera o silêncio, ganhara tempo para a terapeuta. Simpatizara com ela, queria ouvir uma boa resposta e ficar. Depois de tantos médicos, psiquiatras, e terapeutas, e cartomantes... Queria ficar. A sala era estranha, objetos meio desencontrados, uma plataforma de madeira no centro da sala...

Fez ar de ansiedade e expectativa. Gostava dessa sua expressão, especialmente quando a usava com alguém pela primeira vez, porque dificilmente percebiam que disfarçava o desafio. Sentia-se nessas horas uma esfinge: *Decifra-me ou devoro-te*. Talvez fosse mesmo de livro, uma tragédia, grega.

A psicoterapeuta séria sorriu e respondeu que, sim, ela lembrava algumas personagens de livros que ela havia lido e perguntou se ela gostava de literatura.

Boa resposta. Ela sabia que a outra fizera da resposta uma pergunta e esse era o jeito dos psicoterapeutas – ao menos daqueles que valiam esse nome empolado – fazerem pensar/sentir coisas diferentes das que sabemos. Queria ficar, sentia um cheiro de grama sendo cortada no jardim...

*Não, não gosto de literatura. Gosto de música.*

*Que música você acha que parece com você?*

Ficou. Usou os tais objetos, até ganhou um, um pequeno ninho de passarinho meio amassado. Descobriu que a tal plataforma chamava-se tablado, mas nunca fez mesmo questão dele. Era uma atriz sem tablado. A história da música rendeu e, muitas vezes, sentiu aquele cheiro de grama cortada.

Ontem, a psicoterapeuta psicodramatista, que parecia séria, mas é engraçada e não é mesmo tão jovem, perguntou: *Você se importa se eu contar sua história em um livro?*

## Em família

Uma semana na praia. Sonhara com esse dia tantas vezes que custava a acreditar que ele havia chegado. O trabalho era uma paixão que tomava todo o seu tempo e nos últimos anos, com a chegada dos filhos, os momentos de lazer eram raros. Os preparativos para a viagem, o avião, as duas horas no carro alugado... O sol, o cheiro do mar, o céu quase tão azul quanto o do cerrado tornavam tudo mais menos importante.

A pousada, reservada com meses de antecedência, era linda e *perfeita para casais com filhos*, como havia lido no anúncio. A areia da praia logo em frente ao chalé era fininha e o mar raso e calmo. Os dois meninos entraram imediatamente na água e ela deitou-se na espreguiçadeira para ler um dos muitos livros que ganhara no Natal. Mas, antes, sentou-se por alguns minutos observando-os brincar, lembrou-se de sua própria infância, passada em uma cidade do nordeste. Uma infância muito diferente da que proporcionava aos filhos, sempre tão atarefados em aulas extras e com tão pouco tempo para brincar assim, correndo livres, apenas de calção, sem os brinquedos sofisticados, sem preocupação com segurança, com a violência das grandes cidades.

A alegria desse momento durou tanto que o marido, que demorou a chegar à praia terminando de retirar as coisas do carro, ainda a viu sorrindo e arriscou perguntar:

*A baía aqui é tão bonita. Vamos passear de lancha amanhã?*

Ela era muito avessa a qualquer tipo de esporte e sempre tinha a desculpa do cansaço para evitar aventuras nas férias. Em geral, para aumentar as chances de que ela aceitasse, ele esperava os últimos dias para propor as caminhadas, ou os passeios de bicicleta, de barco. Mas dessa vez, ela não hesitou:

*Claro!*

Ele ficou felicíssimo, beijou-a e entrou na água para brincar com as crianças. Ela leu, tirou uma soneca, almoçou sem insistir que os meninos comessem legumes. No fim da tarde, ainda de muito bom humor, foi com o marido até o píer para contratar o passeio de barco. Em poucos minutos resolveram tudo. O único inconveniente era que a lancha, com capacidade para seis passageiros, só saia com lotação completa. O capitão avisou que haveria um casal com eles durante o passeio.

As crianças, excitadas com seu primeiro passeio de lancha, acordaram cedo, arrumaram-se rápido e tomaram café da manhã sem nenhum incidente. Chegaram ao píer brincando de imaginar como seria o casal: recém casados em lua de mel, velhinhos comemorando bodas de ouro, namorados... Com oito e seis anos, os garotos já não faziam tanta algazarra e nem demandavam atenção integral, ainda assim tinham algum receio de que as crianças pudessem incomodar os desconhecidos e aproveitavam a brincadeira para orientá-los a brincar de modo a não comprometer a privacidade do casal. Os meninos vieram depois de alguns anos de casamento, foram desejados e planejados, ela e o marido se revezavam no cuidado com eles e tinham orgulho de não ter precisado de babás. Sabiam bem a diferença entre uma viagem *a dois* e uma *viagem de família*.

A lancha era bastante espaçosa, os meninos ouviram atentos e maravilhados a todas as explicações do capitão e imediatamente ocuparam o lugar que ele indicou como *o melhor para ver a paisagem e brincar*. Ela estava distraída procurando um bom lugar para estender a toalha quando ouviu às suas costas o capitão iniciando as apresentações.

Em um primeiro momento, ainda sem se virar, não prestou muita atenção aos nomes, mas pelas vozes imaginou um casal em torno dos trinta anos, já vivendo juntos há alguns anos, mas ainda sem filhos. Gostava de imaginar histórias sobre as pessoas e era mais divertido quando não as via, porque seu treino profissional permitia *adivinhar* muitas características e vivências a partir da aparência, dos gestos, das roupas.

Ao virar-se, a surpresa foi tanta que ela gaguejou ao cumprimentá-los e não pode disfarçar seu desagrado. O marido, depois de tantos anos de convivência, compreendeu imediatamente a situação, sem que ela precisasse explicar, e foi ágil em propor uma distribuição de espaços que permitia que o casal ficasse com a melhor vista e fora de seu campo de visão. Os meninos cumprimentaram os recém-chegados distraidamente, estavam muito interessados em definir com o ajudante o horário e o cardápio do lanche.

Ela murchou. No primeiro momento, pensou em inventar uma desculpa e sair, mas seria uma descortesia tão grande com o casal, uma decepção para o marido e os meninos... Depois pensou em tomar o antialérgico que carregava sempre na bolsa, mas usava apenas em último caso, porque provocava sonolência... Finalmente, concluiu que não havia nada a fazer e apenas rezou para que eles não viessem falar com ela durante o passeio... Acomodou-se na toalha, pegou seu livro e olhando a beleza do mar tentou recuperar a sensação do dia anterior.

Uma semana na praia. A cidade era minúscula, com certeza iriam se encontrar muitas vezes. Até poderia escapar durante esse passeio, mas e nas outras ocasiões? Aproveitou muito pouco o passeio, os meninos chegaram a perguntar por que ela estava tão calada. Alegou um pouco de enjoo, desculpa que também justificou que nem olhasse para o lanche. O marido brincou muito com as crianças e, de quando em vez, trocou com ela olhares cúmplices. Foram quatro horas intermináveis em que pouco conseguiu se concentrar no livro ou na paisagem. Pensou em tudo que deixara para trás para ter essa semana na praia, os projetos na instituição pública, os pacientes no consultório particular, as análises das entrevistas para a tese. Tentara olhar o mínimo possível na direção do casal, não trocou mais do que meia dúzia de frases. Agradeceu os elogios aos meninos, que de fato se portaram muito bem. Repetiu a desculpa do enjoo que na hora até sentira de fato. Comentou sobre os riscos do turismo predatório, de um modo tão vago que acelerou o término precoce do debate entre o capitão e seu marido.

Na volta, antes mesmo do barco atracar, o casal aproveitou um momento em que ela estava sozinha, com os olhos abertos e o livro fechado, para dizer apressadamente, alternando as frases:

*Nós estamos muito bem, viu?! Desde a última sessão, não tivemos mais nenhuma briga. Acho que aprendemos a resolver os problemas sem agressões. Muito obrigada!*

*Passamos uma semana aqui e vamos embora hoje à noite. Vocês vão gostar daqui, é muito calmo!*

*Que bom encontrar a senhora! Que linda sua família! Nós sempre imaginamos como seria a família da nossa terapeuta de família...*

*Bem, não queremos atrapalhar...*

*Melhoras para seu enjoo...*

O marido e as crianças aproximaram-se, trocaram as últimas despedidas. O casal partiu sorridente, voltando-se algumas vezes para acenar para as crianças, que corriam pouco atrás deles.

Recolheu a toalha, guardou o livro na mochila, pegou a mão do marido para sair da lancha. O capitão lamentou que ela não tivesse aproveitado o passeio e ofereceu um desconto para um passeio mais curto. Mais juntos do que se houvessem combinado, ela e o marido responderam sem hesitar:

*Não, obrigada.*

Apressou o passo para alcançar os meninos e ainda segurando forte a mão do marido, pensou que, a despeito do desconforto de perder a privacidade, o passeio com o casal de pacientes havia sido bom. Era gratificante ver o resultado de seu trabalho.

Esqueceu os entraves burocráticos que atrasaram seus projetos na instituição pública, esqueceu os pacientes mais graves que referira ao seu sócio, as dificuldades na transcrição das entrevistas da tese que estava escrevendo.

Uma semana na praia, só com a família.

# Morte

Descobri o que era a morte quando a conheci de perto, não nos corpos das mesas de anatomia, mas na dor de um cachorro, cobaia de meus estudos em farmacologia. Descobri como era combater a morte e perder, decidi combater apenas a dor. Ainda assim, recém-formada, fui trabalhar em um hospital. Nos hospitais, a batalha contra a morte é diária, mas não nesse.

Era um hospital de reabilitação, nosso foco era a vida, a retomada da vida, após um azar na roleta genética ou um incidente trágico. Tratávamos da vida e todos os dias eu via, sentia, a vida triunfar sobre as mais duras limitações. Cada família que mostrava seu amor por uma criança que nunca atingiria os modelos de felicidade vigentes; cada pessoa que descobria em si a força e a vontade de transcender a dor da imobilidade e da dependência me afastava mais e mais da idéia da morte, da certeza de que ela sempre vence.

Até que conheci a família Pereira. Os Pereira eram quatro, uma mãe e seus três filhos, todos do sexo masculino, dois portadores de distrofia muscular progressiva, tipo Duchenne. O nome comprido assusta, a doença mais ainda. Essa é uma doença hereditária que causa a degeneração progressiva dos músculos, atinge apenas meninos, é transmitida pela mãe, os primeiros sintomas aparecem por volta dos quatro anos de idade e a perda de mobilidade prossegue até o final da adolescência, quando a perda da capacidade respiratória conduz ao óbito na totalidade dos casos.

Na família Pereira a morte era uma presença constante, D. Sílvia já havia perdido um dos filhos vítima da doença quando a conheci e um de seus outros filhos, Cláudio, de 21 anos, estava restrito ao leito. Bernardo, com 16 anos, já apresentava dificuldades para caminhar. Pedro, o caçula de 13 anos, não era portador da doença. Cláudio me ensinou a rir da morte, Bernardo me ensinou a compreendê-la e D. Sílvia me ensinou muito sobre a vida, sobre o que é dar a vida, ser mãe. Pedro era muito maduro para sua idade, ajudava a mãe a cuidar dos irmãos, era o que mais sofria.

Escolhi o nome Pereira porque a pereira é uma árvore que dá excelentes frutos e significa *vida longa* na cultura oriental. Os Pereira viviam uma vida curta, porém intensa e seu exemplo me acompanha sempre e me ajudou muito a lidar com a presença da morte, cada vez mais freqüente, à medida que envelheço. Quando escolhi não combater a morte de frente, eu era muito jovem e ninguém tinha morrido.

No início, eu tentei fugir dessa família, da presença da morte na vida deles, mas não pude. Eu era a única psicóloga na equipe que acompanhava os portadores de Duchenne, eu conduzia o grupo de pais ao qual D. Sílvia comparecia mensalmente, o grupo de adolescentes que se reunia quinzenalmente e acompanhei a assistente social e a fisioterapeuta que faziam visitas domiciliares a Cláudio.

Na primeira visita à casa pobre na qual D. Sílvia morava, o mais impressionante foi a alegria da família. Receberam-nos com muita deferência, como era comum, mas a presença dos amigos e vizinhos e a música que vinha do quarto de Cláudio eram um diferencial importante em relação ao clima solene que marcava a maioria das visitas. As famílias sentiam-se de algum modo avaliadas pela equipe, mas essa família parecia nos receber como parentes distantes, com uma hospitalidade alegre, recheada de histórias contadas durante uma visita a todos os cômodos da casa. O quarto de Cláudio, com uma grande janela que permitia que ele interagisse com os vizinhos sem sair da cama, era o cômodo mais iluminado e ruidoso.

A música alta foi abaixada por um dos amigos, que lia para ele quando entramos, e ele nos recebeu com um largo sorriso e um cumprimento em voz baixa, porque ele já sofria com as dificuldades respiratórias. Fez logo um gracejo para a fisioterapeuta, uma moça solteira quase da idade dele e muito bonita. Na sequência, elogiou também a mim e à assistente social, ressalvando que o fazia com respeito por sermos casadas.

Foi especialmente atencioso comigo porque me interessei pelo livro que seu amigo lia e elogiei a música. Conversamos muito, ele era um jovem inteligente e muito bem humorado, era fácil esquecer que era praticamente um paciente terminal. Mas ele também falava, sem piadas, mas com naturalidade, sobre sua morte próxima e mostrava que sua alegria não era uma negação de sua doença, era sua maneira de enfrentá-la. Cláudio ria de tudo, ria até da morte, mas não porque não percebesse as dificuldades da vida ou as dores da perda, mas exatamente porque as sentia agudamente e as combatia com as armas de que dispunha, seu senso estético e sua alegria. Vi Cláudio apenas essa vez. No mês seguinte ele foi internado em outro hospital para ter suporte respiratório, faleceu poucos meses depois.

Bernardo ainda frequentava o hospital dois anos depois, quando eu mudei de emprego. Nesse período, foi sempre o mais bem informado sobre sua doença. Coube a ele conduzir uma das discussões mais acaloradas do grupo de adolescentes, uma discussão sobre paixões e namoros com pessoas com doenças fatais. De um jeito muito suave, ele defendia a importância de todos eles terem vida social e, idealmente, namorar e ter vida sexual. Dizia que uma das maiores belezas da vida era o amor e que era uma sorte saber que esse amor não enfrentaria a rotina, o tédio, a velhice. Defendia que eles podiam viver um *amor de novela, sempre jovem*. Os outros jovens, incluindo meninas com outros tipos de miopatia, discordavam dele, diziam que era difícil sair, arranjar namorados com seu jeito esquisito de movimentar ou com a cadeira de rodas. Nas duas sessões que durou essa discussão e em várias outras sobre outros temas, Bernardo afirmava a importância de não *morrer de véspera*, de encontrar alternativas concretas – amizade com os vizinhos, na igreja, no hospital – para a solidão, *pior e mais mortal que qualquer doença*. Mais do que os argumentos, foram as experiências compartilhadas de paquera, primeiro beijo, primeira transa de Bernardo que incentivaram os outros membros do grupo a se aventurar no amor. Bernardo uma vez me disse que queria ser professor, acho que fomos seus primeiros alunos.

D. Sílvia sempre levava Pedro às reuniões de família. Um dia, fizeram uma cena juntos. A história nem era deles, a história era de uma moça que descobrira recentemente que seu filho de cinco anos tinha a doença. Sílvia entrou na cena para ser a avó da criança e Pedro (o único do sexo masculino no grupo naquele dia) representava o pai. A cena foi muito emocionante, especialmente para Pedro que dizia no papel que desempenhava que preferia que fosse ele a ter a doença. Nos comentários, Pedro disse à mãe e a todos nós que sempre pensara isso, mas que não tinha coragem de dizer para não magoar a mãe: *Eu não queria ser diferente, eu queria ser como meus irmãos mesmo que morresse cedo. Eu não queria ficar sozinho com minha mãe, ver ela sofrer o resto da vida.*

Saí do hospital pouco tempo depois e passei muito tempo sem me lembrar dessas cenas. Nos últimos anos, a Morte se fez presente muitas vezes na minha própria vida, recordar a história dos Pereira me dá alento e esperança.

# Loucura

Nonada. Durante todos os anos em que convivemos as palavras de Guimarães Rosa eram meu maior alento: terceira margem do rio, estrampeação, ensombreceu, tresdobro, inventante. Com ele eu me sentia sempre aquém das palavras, ou seria além?

Enfim, estranheza, opacidade, incontáveis supervisões. Desistências de parte a parte, desculpas: nossos horários incompatíveis, *acho que não tenho mais o que trabalhar, me parece que seus objetivos já foram alcançados, não uso mais medicação, novos papéis, integração social.* De espontaneidade e criatividade não falávamos nunca, ele, artista, temia que a terapia comprometesse seu *fluxo criativo*, eu, admiradora de sua arte, temia ainda mais.

Riobaldo, Diadorim e o Cão, juntos em uma só pessoa. Uma só pessoa? Raramente... Suas aventuras variavam tanto e com tanta frequência que já na segunda sessão desistimos do clássico: *como foi sua semana*? Semanas, horas, dias, minutos se passavam de modo estranho. Às vezes homem, com nome masculino e roupas masculinas, às vezes uma androginia incômoda, nunca realmente feminina...

Diadorim mostrava-se com uma lentidão e nessas sessões, ou melhor, nesses trechos das sessões, porque tudo mudava muito rápido na vida e também comigo, eu tinha uma sensação de proximidade. Sentia-me menos incomodada, é verdade, mas não menos confusa. Diadorim falava de sentimentos muito duros e contava histórias de muitos abusos. No passado distante, a infância corrompida no interior. No passado próximo, as idas e vindas das clínicas. E no presente, os vizinhos, o filho, as irmãs. Perguntava-me como criar com ela, ela a mais concreta, a mais coerente, era também a menos acessível aos meus recursos terapêuticos...

Riobaldo. Riobaldo e suas rezas e suas súplicas e sentimentos fluidos, uma violência de punhais e uma delicadeza de terços e novenas. Riobaldo frequentava com mais desenvoltura o tablado, dispunha-se a encenar... Um riacho, o descampado, uma faca encravada no peito do tio, dos primos. *Sendo homem, posso destruir o que incomoda, posso vingar ela!* Riobaldo me dava medo, um medo assim triste porque com ele não havia diálogo, mas sua força parecia algo com que contar para dar um jeito aos menos na casa, conseguir negociar a licença do trabalho... As rezas, a Virgem, o terço, as salve-rainhas evocavam minha própria infância, as histórias do orfanato onde minha avó foi criada. "Deus esteja!"

Tinha muita ternura por Riobaldo nesses dias em que a reza ocupava a primeira metade da sessão, e era preciso pedir licença e perdão à Virgem, antes de se criar uma cena. Riobaldo representava, às vezes, uma esperança de vida, mas quase sempre me questionava se essa vida, *ao redor do buraco, na beira*, era mesmo uma alternativa mais saudável, ou mesmo possível. Porque, como ele sempre me dizia, ao redor do buraco, tudo é beira.

O Cão, o Demo, o Desinfeliz. *O diabo na rua, no meio do redemoinho...* Era invisível, às vezes também indizível, e as menções a ele eram sempre indiretas e confusas: *É o Cão que atenta, sabe doutora, e aí, não há meio, só há jeito de sair andando e fugir, sair de casa e andar, para não fazer o que ele quer... Mas, lá na rua, tem outros que não entende, e o Cão toma de conta. Melhor é não falar dessas coisas, tô aqui agora, podemos fazer uma oração? Às vezes, ele toma forma... é a cara de meu tio, aquele.*

Nonada. Uma seção em que a mudança se mostrou mais tangível, ele falou da mãe. Nunca falava da mãe, assunto *por demais doloroso*. Falou da ausência da mãe, da raiva de sua morte precoce. *Seis anos é pouco para criar um filho.* A morte da mãe precipitara uma série de desventuras do pai, as bebedeiras, a violência, a mudança para a casa da avó. Ajudando a avó nas costuras, experimentava as roupas das freguesas. À noite, o tio, muito mais velho, o violentava e ameaçava contar a todos que ele era *viadinho. Um dia, vi que eu era homem, mas também era mulher.*

Não era Riobaldo quando saía com os homens, era Diadorim. Diadorim me falou, então, que queria ser mãe e por isso tantos homens, tantas tentativas. Perguntei incrédula: *mãe?* E ele chorou, e de um modo que não lembro bem, mas provavelmente não seguiu todos os passos da técnica, conseguimos entabular um diálogo entre Riobaldo e Diadorim. Ele disse que os homens eram maus e que melhor era esquecê-los. Ela disse que não podia ser, que ele precisava dela para estar com os homens sem ceder ao Cão. E num vai e vem em que apenas uma almofada vermelha distinguia os dois personagens, criou-se uma espécie de trégua. Riobaldo pode admitir que estar com os homens nem sempre era ruim. Falou da dor de não ser o pai do filho que tivera com aquela mulher que não conseguia perdoar... Diadorim chorou por sua mãe, por nunca poder ser mãe, por todos os homens que nunca teria se tivesse apenas Riobaldo para viver.

Diadorim não morreu nesse dia e nem nunca, de todo. Mas o Cão sim. *O diabo não há! Existe é homem humano.* Riobaldo vinha mais vezes, e mais vezes, sem Diadorim, e quase não rezava mais, contava fatos. Fez um concurso, *salário para não ter que vender meus quadros se eu não quiser, pensão para meu filho ter algo bom de mim.* Falava do chefe, dos colegas no trabalho, da venda dos quadros, escrevia para *o menino em Minas.* Abstinência sexual acabou sendo uma saída, desistiu dos homens, fugia das mulheres. Sua reza era agora *rejeitar toda qualidade de prazer.*

Hoje, ele/ela tem um nome e uma história mais ou menos coerente. A casa funciona com tudo descartável e os vizinhos, *são bacanas, me conhecem já.* O trabalho, *contanto que não me perguntem, eu vou lá e faço. As mulheres, essas são as piores, sempre querendo ajudar...*

Em dias como hoje, e sempre que leio Guimarães Rosa, ouço sua voz metálica e muito baixa: *Quando sinto que posso me perder, ouço música e lembro que posso ser assim mesmo, do meu jeito, aquela coisa dos meus direitos... A senhora me avisa quando não puder mais me ver? Será que um dia vou ter que contar tudo de outro jeito? Vai que não carece e eu morra antes...* Travessia.

# Segredos

Marisa, Cláudia, Tereza, Vilma, Císntia. Afinal, quantos nomes? Só mulheres? Reunidas em um grupo iniciante elas pareciam à vontade, chegavam juntas ruidosamente. Empregavam um tempo comentando as roupas, cortes de cabelo, novidades sobre filmes e livros. As perguntas sobre a composição final do grupo e sobre o sexo das participantes voltavam a ser formuladas várias vezes. Eu pensava se havia esquecido algum item do contrato e, pelo sim pelo não, reiterava: *São oito vagas, teremos sempre a aprovação do nome do novo integrante antes da inclusão de um novo membro. Esse não é um grupo de mulheres, homens poderão ser integrados ao grupo, se vocês concordarem.*

Elas riam, acenavam com a cabeça, repetiam sim, sim, sabemos. E as sessões decorriam como esperado, elas procuravam similaridades em suas histórias díspares, filhos, empregos, amores. Identificavam diferenças, reações mais ansiosas, mais depressivas, alternâncias marcantes entre as duas polaridades.

*Vamos ser só mulheres? Eu acho que sim. Será que algum homem terá coragem de nos enfrentar?* Risos. Eu me intrigava, o que elas estavam tentando me dizer/pedir? O primeiro mês transcorreu, o segundo. Cenas mais intensas, abusos na infância, violência conjugal, crises depressivas com alucinações. As mais complexas intercaladas com sessões de compartilhamento. Parecia que tudo caminhava bem e me acostumei a apenas rir com elas, quando as tais perguntas se repetiam. Era minha primeira experiência com grupo homogêneo em relação a gênero, mas eu não identificava nenhuma diferença importante em relação aos mistos. Consultei a literatura, colegas, nada parecia apontar uma característica digna de nota.

Lá pela metade do terceiro mês, propus o ingresso de dois homens. Pensei que seria mais fácil para eles e elas se não fosse apenas um e tinha dois pacientes com indicação para grupo e horário compatível. Os nomes foram submetidos, elas aprovaram com muitos risos e conjecturas sobre a aparência de Carlos e Manuel, casados, na faixa dos 30-40 anos, como elas.

No dia em que eles iniciaram tudo parecia bem. *Pensamos que seríamos um grupo só de mulheres, mas vocês vieram, né?* Histórias com similaridades, *eu me sinto assim também, eu sei como sua mulher/marido/ namorado se sente.* Diferenças: *difícil representar você naquela cena, não sei bem como representar um homem/mulher! Homens! Ah! Vocês mulheres!"*

O primeiro mês transcorreu tranquilo. No segundo, faltas frequentes. Um dia não houve sessão porque não tivemos quorum. Véspera de feriado, pensei comigo. Algo parecia não avançar, eu não conseguia entender. Quem sabe um jogo sociométrico? Poucos resultados práticos, demoraram a se aquecer, falas e interações apenas racionais. A emoção não aparecia.

Pouco tempo depois, uma das mulheres alegou problemas de horário e voltou para individual. Um dos homens enfrentou uma crise mais intensa e também foi para individual. Tereza e Cíntia consideraram que tinham *resolvido os problemas*, *superado o pior*, estavam bem e saíram. Com apenas três componentes o grupo terminou em menos de seis meses.

Eventualmente, as pessoas foram para outros grupos, voltaram para atendimento individual. Tereza, alguns meses depois, pediu uma sessão individual. Pensei que sua mãe, gravemente doente há muito tempo, poderia ter falecido, ou o filho que estava morando com seu primeiro marido ter voltado. Ela chegou dizendo que viera me contar porque o grupo terminara. Surpreendi-me. Ela completou: *Pois é, você nunca soube, mas nós contrariamos as regras e nos encontrávamos fora daqui. Aliás, desde a segunda sessão, nos reuníamos em uma confeitaria, antes das sessões. No começo, era como você diz, um aquecimento, depois, tornou-se o "grupo do B" e depois que os "meninos" entraram a situação ficou insustentável, não queríamos chamá-los para nosso "cafezinho terapêutico", mas só falávamos sobre eles. Sempre soubemos que era necessário contar para você, mas não tivemos coragem. Com idas e vindas, continuamos nos encontrando até a semana passada, mas não era a mesma coisa e resolvemos parar. Eu fui escolhida para contar porque estou bem e não pretendo voltar para a terapia agora.*

O que vocês temiam? Perguntei, cada vez mais surpresa. Que você nos reprovasse, que investigasse para que fazíamos isso... Sei lá! Era nosso segredo.

# Religião

*"Lasciate ogni speranza, voi ch'intrate."*
(Dante Alleguieri, Inferno, canto III, linha 9)

Vamos chamá-lo Dante, por motivos óbvios, e vamos chamá-la de Beatriz, pelos mesmos motivos. Eles chegam mansamente ao consultório, são muito jovens ainda. Eles chegam mansos, mas suas histórias são violentas e me assustam. Assusto-me com suas dores e mais ainda com sua solidão. Ele apenas 19, ela já nos 24, mas muito jovens, jovens demais para conhecer o Inferno – por dentro. Conheciam o Inferno porque seus pais negociavam caminhos para o Céu.

Dante e Beatriz eram muito jovens, mas já muito experientes nas lides do Céu e do Inferno, mais do que nas da terra. Tendo crescido no *temor a Deus*, criados *no seio da Igreja*, educados para *o trabalho do Senhor* pouco restou para compreender as limitações das longas ausências dos pais, as liturgias dos cultos, a súbita mudança de status social, o marasmo de uma vida *de testemunho*. Precisavam ser filhos de seus pais e tinham muita dificuldade em apenas ser, em descobrir quem eram, e saíram pela vida esbarrando em vários círculos do Inferno.

Beatriz e Dante nunca se conheceram, pelo menos não que eu saiba. De Igrejas diferentes, talvez rivais, ou concorrentes, eu não saberia mais dizer... Viviam em mundos paralelos, unidos apenas nas minhas preocupações.

Dante, um menino, um rapaz, um homem, com comportamento muito diferente da expectativa de seus pais, estava satisfeito com os paraísos artificiais e dispensava ajuda. *Não preciso de terapia. Mas gosto de conversar com gente mais velha, gosto de conversar com você. Eu não pareço ter minha idade, sabe? Minha namorada é bem mais velha, meus amigos são mais velhos. Acho que vamos nos entender.* Ainda na nossa primeira conversa fez questão de me dizer que a prática religiosa de sua família não influenciava seu comportamento: *não incomoda, eles lá na deles, eu na minha. Eu é que não vou ser o menino modelo!* Na entrevista com sua mãe, lembrei-me de antigas figuras de Madonas que enfeitavam as paredes da casa de minha avó: uma mulher com um bebê no colo e a visão da morte nos olhos. Não sei para vocês, mas essa foi sempre a minha visão das madonas, mães que sabem cedo demais, que seus filhos foram dados por Deus para serem tirados de seus braços, muito cedo, cedo demais. *O Senhor fez em mim maravilhas, santo é o seu nome.* A mãe de Dante parecia resignada com seu destino: *ele bateu no pai, mas foi só um descontrole, porque eles são muito parecidos, sabe? É coisa de menino... Se bem que ele não é mais um menino, já tá homem, eu sofri muito. Ele não compreende, têm coisas que o pai não pode concordar, ele enfrenta, ele perdeu a cabeça... Eu oro muito para essa fase passar... Mas um tratamento pode ser bom, ele precisa se acalmar um pouco mais, até comigo ele às vezes perde a paciência, mas nunca bateu não.* Para Dante, sua mãe era *uma Santa* ou *uma boba*. De todo modo, parecia lhe dar mais apoio, mas um apoio tênue: *Ela me entende, a gente conversa, mas ela não pode ser contra ele, o pai.*

O pai, o pai de Dante era o próprio Dante, mais velho. O jeito de falar, de buscar aprovação. *A Dra. vai me entender, eu estou tentando compreender esse garoto, esperando que ele amadureça, mas está difícil. Não posso aceitar que ele parta para cima de mim, eu sou o pai. Bati nele porque precisava, ele não pode fazer o mesmo. Trouxe para cá porque conversar com uma pessoa mais preparada, que não é da família, pode ajudá-lo a compreender as coisas. A mãe é muito boa, boa demais, não me deixa disciplinar como deveria, protege.*

Recomendei uma sessão familiar, nunca era possível conciliar horários. Eles vieram, um de cada vez. Dante ficou, não por muito tempo. O pai, assim dizia a mãe, desculpando-se ao telefone, *ia mandar o cheque, não é muito organizado com as contas, pode re-apresentar os cheques.* Enfim, uma acidentada e longa negociação. Minha relação com Dante ressentia-se desses tropeços, ele se envergonhava de suas roupas e tênis caros e gastava um tempo tentando explicar/entender as prioridades do pai na administração do dinheiro da família, da Igreja. Alguns níveis do Inferno puderam ser apenas reconhecidos, vislumbramos o purgatório em algumas cenas, mas o Céu sempre ficava adiado. O mote de Dante era a transgressão, a transgressão que faria o pai ver, ver sua dor... Mas o pai não podia descer ao Inferno com Dante. Eventualmente, ele se foi. As dívidas ficaram como uma lembrança por muito tempo. Até que perdoei uma parte, para libertá-lo mais do que qualquer outra coisa.

Com Dante, estive muito perto de compreender o peso de ser o filho, o filho do pai que salva. Mas, ao contrário do Pai, com esse não havia nem a possibilidade de queixa: *Pai afasta de mim esse cálice!* O pai de Dante era surdo aos seus pedidos e Dante perdeu a fé, nele e no Pai. Sem fé, sentia-se só, restava-lhe apelar às mães eventuais e flertar com o outro, com o senhor das transgressões, esse sim, pródigo em oferecer-lhe meios e modos de superar seus medos e sua solidão. Jovem, muito jovem, Dante vagava pelo deserto sem conseguir resistir às tentações.

Não pude ser o Virgílio deste Dante contemporâneo. Nos poucos meses em que ele esteve comigo, andamos por caminhos árduos e silvestres, talvez tenhamos visitado alguns lugares do Inferno, divisado o monte do Purgatório, mas não chegamos a vislumbrar um céu diferente daquele que ele encontrava nos seus paraísos artificiais. Anos depois, recentemente, tive notícias de Dante: conseguiu sair da casa dos pais e queria uma indicação para a irmã.

O inferno de Beatriz eram os outros. Homens que a enganavam, oprimiam, abandonavam, abusavam e violentavam. Essa Beatriz, como a de Dante, devotava-se a salvar homens em selvas escuras. Nas sessões, muito falava dos *coitados* que a faziam sofrer, sempre explicando porque eram como eram, *a família é problemática, trabalha demais, as mulheres são uma tentação.* Tudo que sofria, as infidelidades, os maus tratos, as práticas sexuais que contrariavam seus valores, os prejuízos financeiros, os sacrifícios para ser *magra, bonita, desejável* eram sempre justificados pelas limitações dos homens.

Beatriz se considerava, apesar de tudo, salva. Em alguns momentos, os piores, duvidava se poderia mesmo suportar os infortúnios e permanecer com eles até que se salvassem. Mas passou-se muito tempo antes que Beatriz considerasse que a repetição das histórias, os finais quase trágicos, eram sinais de seu próprio sofrimento e não *fraqueza, falta de fé.*

Mesmo sem ter o título, Beatriz considerava-se uma pastora e procurava ajuda para ser uma pastora melhor, escolhia seus homens entre os mais difíceis, ovelhas desgarradas. Fiel como um cão, Beatriz dispunha-se a escalar as montanhas mais íngremes e aventurava-se nos vales mais profundos para trazê-los para o caminho da salvação. Contudo, eles nem eram ovelhas e nem queriam ser salvos e Beatriz sentia-se sempre fracassada na comparação com seus pais, esses sim, pastores eficientes. E as ausências dos pais, a convivência com tantas ovelhas desgarradas em todos os momentos de sua vida, a distância *do mundo*, foram apenas pouco a pouco se apresentando como cenas que podiam contextualizar a repetição de seus insucessos amorosos.

A salvação, primeiro a dos outros, mais tarde, a sua própria, foi o tema central de minha história com Beatriz. No início, estávamos no Céu e ela esperava que, como Virgílio, eu guiasse seus jovens perdidos pelo Inferno. A terapia individual foi um meio de tentar compreender o noivo que se recusava a vir para terapia de casal. Depois, um apoio para enfrentar o fim do noivado e, na seqüência, um recurso para compreender uma longa sucessão de tentativas. Curiosamente, o número de parceiros, a natureza precária dos compromissos não perturbava Beatriz. Considerava que o sexo era uma "linguagem para chegar aos homens" e não hesitava em usá-la quando considerava que seria um caminho para a salvação deles.

Sua relação com Deus, com sua família, era inabalável, eram igualmente bons e justos e não podiam ser nem associados às suas dificuldades. Seus percalços eram "artes do inimigo", seus homens estavam presos em "cadeias do Mal". Deus, a Igreja, seus pais, eram modelos de virtudes aos quais pouco cabia pedir ou esperar, ela esperava despertar neles orgulho por seus atos de abnegação.

Foi nos embates com o demônio, nunca realmente personificado, nem no espaço dramático, que Beatriz formulou algumas novas perguntas que, lentamente, levaram-na a novas ações. Em uma cena fundamental percebeu sua resignação como vaidade, salvá-*los, a qualquer custo, me tornaria boa*. Vendo que sua maior virtude aparente era, no fundo, um pecado e que as provações a que se submetia, de certo modo, eram prazeres, ficou muito chocada e iniciou sua mudança.

Foi muito difícil acompanhar Beatriz por seu caminho no Inferno com os homens. Difícil vê-la deixar-se abusar, humilhar, sem aceitar o papel de vítima. Sua abnegação me incomodava e, muitas vezes, considerei fanatismo muitas de suas convicções e silenciosamente culpei seus pais, a sociedade, por seus infortúnios, e esperei que ela assumisse sua condição de vítima. Com Beatriz vivenciei mais do que com qualquer outra pessoa, o poder do mártir, a arrogância de quem desempenha o papel de salvador e perdoa *os que não sabem o que fazem*.

A cruz de Beatriz era seu ideal e descer dela custou, a nós duas, muito esforço e muito tempo. Na descida, muitos tropeços, interrupções, pausas. Encontrar um caminho para ser boa sem necessariamente ter que salvar os outros por seu próprio sofrimento foi como um Céu na Terra para Beatriz. Se não chegamos ao Paraíso, se não houve uma *transumanização*, ao menos penetramos nós mesmas pela selva escura, uma odisséia feminina pelos círculos infernais.

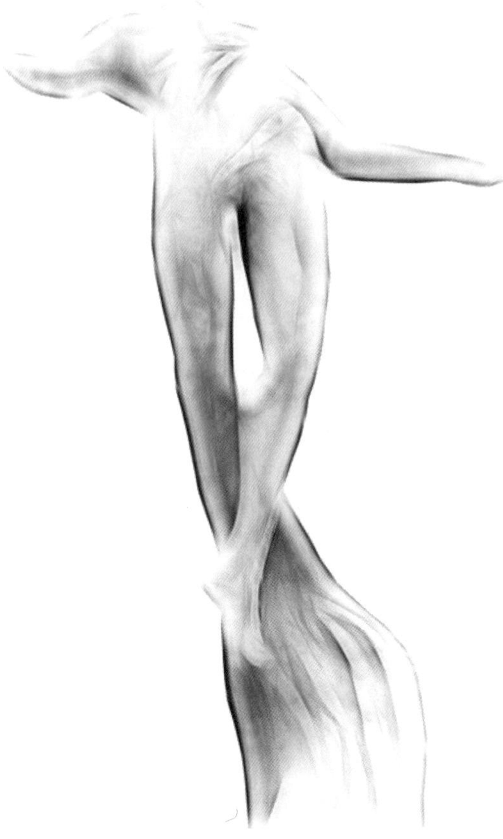

# Sonhos

Suspiros. Ela demorava a começar a falar e os suspiros, longos e profundos, eram sempre sinal de algo mais sério. Nas sessões em que elaborava temas de outras sessões ou estava menos aquecida, começava com conversas sociais muito interessantes sobre algum fato de destaque na semana, aos poucos encontrávamos um tema. Nas sessões que se iniciavam com os longos e profundos suspiros, quase não havia tempo para esquecer o paciente anterior e me sintonizar com sua história.

Profissional liberal, 28 anos, recém-casada, Sílvia fazia psicoterapia há muitos anos, desde a adolescência. Aos 18, sofreu de um transtorno alimentar, bulimia. Dos 21 aos 23 esteve em psicoterapia de grupo, elaborando o início da carreira, as escolhas, o fim do longo namoro. As descobertas da vida adulta, a independência dos pais. Agora, de volta ao acompanhamento individual, preparava-se para mudar-se para outra cidade para cursar uma especialização.

Em todos esses anos, os suspiros de Sílvia eram o mote de abertura para narrar seus sonhos. Sílvia não sonhava muito, mas seus sonhos foram aliados poderosos em seu processo de desenvolvimento pessoal. Os suspiros pareciam levá-la de volta ao sonho, fechava os olhos e contava:

*Eu estou na academia, correndo na esteira. Não, não é a esteira, é a bicicleta. Eu estou pedalando, mas o contador não mostra nada. Penso que a máquina está com defeito, mas olho para mim e vejo que estou mais gorda, que estou engordando. Eu sinto cheiro de pizza. Tem um forno de pizza ao lado da bicicleta. A academia está em uma pizzaria e eu como pizza e pedalo ao mesmo tempo. As pizzas são quentinhas, deliciosas. Eu tento pedalar mais rápido, mas não consigo nem pedalar mais rápido, nem parar. Há outras mulheres à minha volta, elas também comem pizza. São modelos famosas, elas comem e não engordam. Vou ficando cada vez mais nervosa. Acordo muito suada.*

*Eu estou nadando. É difícil, eu me canso porque o líquido é grosso. Há umas coisas verdes, algas. Tem um cheiro bom e eu vejo umas coisas vindo até mim. Eu consigo boiar por um momento e as coisas se aproximam. São linguiças, eu estou nadando em um caldo verde. Eu penso em me agarrar a uma das rodelas de lingüiça, como uma bóia. Mas, não consigo. Eu continuo nadando. Meu pai nada comigo. Eu acho estranho meu pai estar ali, mas é bom vê-lo e eu me sinto mais confiante. Eu nado com mais energia. Me dou conta de que a situação é engraçada. Eu me divirto nadando no caldo verde.*

*Eu estou em um túnel muito escuro. Não vejo nada. Ouço um barulho. É um latido. Tem um cachorro no túnel. Não consigo ver, não sei se ele está à minha frente ou às minhas costas. Me desespero, quero fugir. O cachorro late mais forte. Ele está perto. Fico paralisada. Eu gosto de cachorros, mas estou com medo. O túnel parece longo e não há mais ninguém. Só eu e o cachorro. Ela late e está perto, muito perto, mas não sei se está atrás de mim ou me esperando, à minha frente. Não posso me mover. Estou parada no meio do túnel muito escuro e o cachorro não me permite sair.*

*Estou andando na praia. Há muitos rochedos, não consigo escalar as pedras. Tento ir para a areia, mas a faixa é muito estreita. Tenho que escalar as pedras, mas não sei como. Vou tateando, me arranho algumas vezes. O mar bate forte contra as pedras e chego a uma passagem estreita, um caminho entre as pedras, com o mar lá em baixo. Tenho medo de cair. Prossigo, chego a uma praia. Sinto-me orgulhosa de ter escalado as pedras. Mas não sei se vou entrar no mar. Parece agitado. Acho estranho que não haja ninguém na praia. Resolvo esperar que alguém apareça antes de entrar no mar. Parece mais seguro. É cedo, por isso ainda não há ninguém. Deito e espero com a certeza de alguém virá."*

Os sonhos de Sílvia foram muitos e lindos. Fortes em imagens. Muitos me lembravam filmes, que nunca mais foram os mesmos para mim. Na cadeira ou no tablado, encontrávamos sempre muitos sentidos e significados para cada um deles. Alguns retornaram como metáforas para situações de sua vida, muito tempo depois de terem sido sonhados. Algumas vezes, comentei com ela que um dia escreveria seus sonhos, ela sorria. *Tá bem, mas só os mais engraçados. Ou os mais comuns. Sonhos são matéria muito íntima.*

# Pedofilia

*Perdão, meu filho, eu não imaginava... Eu... Eu sei que não há perdão, mas tente entender: eu não sabia!*

*Você sabia, sim! Eu contei, eu contei mais de uma vez! Eu pedi sua ajuda, você não me ajudou! Você acreditava mais nela do que em mim! Eu não perdoo!!*

*Eu não podia acreditar! Eu confiava nela, eu não... Eu estava cega! Me perdoe, me perdoe..*

Margot, uma mulher de 50 anos, procurara a psicoterapia há seis meses com um diagnóstico psiquiátrico de *transtorno dos impulsos*. Margot comprava, comprava além da conta, coisas supérfluas, joias, flores, perfumes, com um dinheiro que não tinha. Estava endividada, mas não conseguia parar. Veio indicada pelo meu sócio que, há alguns anos, atendia seu filho. Margot já fizera outros, muitos, *acompanhamentos, inclusive com grandes nomes da Psicologia*. Passamos as primeiras sessões discutindo meu currículo, ela dizia: P*reciso ter certeza de que você é suficientemente preparada para confiar em você*.

Nessa sessão, Margot estava no tablado, mais uma, vez pedindo perdão. Mais uma vez, eu estava no papel de seu filho de 20 anos. Mais uma vez, a cena terminava sem mudanças. Margot não conseguia encontrar um meio de ser perdoada. Talvez eu não conseguisse achar um meio de ajudá-la a se perdoar.

Margot, uma jovem europeia, casara-se há 25 anos com um brasileiro que trabalhava para um organismo internacional. Moraram em muitos países, tiveram dois filhos. Margot não conseguira ter uma carreira, mas manteve-se sempre ativa: cursos, trabalhos como *freelancer*. Uma babá de confiança criara Ricardo e Lara.

Era essa confiança na babá que Ricardo não conseguia perdoar. Foi essa confiança cega que a impediu de ver, de sentir, de acreditar que a babá maltratava seus filhos, que a babá abusava sexualmente de Ricardo.

Foram anos, muitos anos. Margot notava que Ricardo era retraído, achava que era uma reação às mudanças de país e as brigas freqüentes dos pais, ao nascimento da irmã. Instruía a babá – *sempre tão amorosa* – a dormir no quarto dele, a ficar sempre por perto. Quando iniciou a escolarização, as professoras de Ricardo sugeriram acompanhamento psicológico, parecia muito inteligente, mas tinha muitas dificuldades de relacionamento e não desenhava. Algumas das muitas psicólogas aventaram a possibilidade de um abuso, Margot cogitara se teria sido algum colega na escola, algum empregado, jamais a babá de absoluta confiança. Passaram-se muitos anos até que no início da adolescência, em uma das raras folgas da babá completamente dedicada, sem família, sem namorado, Ricardo falou:

*Mamãe, a Maria abusa de mim. Mamãe, Maria me faz fazer coisas com ela, coisas que eu não quero. Mãe, manda ela embora, por favor.*

*Menino, que coisa! Tá bem, você já está crescido para ter babá, mas ela me ajuda ainda com sua irmã. A Maria ama vocês dois, nós somos a família dela. Você tem que entender que ela ainda vê você como um bebê. Mas eu vou falar com ela para parar com tantos cuidados com você.*

*Mamãe, não é isso. Ela é malvada, ela faz coisas ruins com a gente, com a Lara também. Mãe, manda ela embora.*

Essa cena, Margot só encenou uma vez. Na sequência, caiu em um choro convulsivo. Eu imaginava que seria mais uma cena inacabada, minha ideia de verticalização não havia funcionado. Margot interromperia mais uma vez a cena.

Em meio ao choro, falando em sua língua materna, Margot começou a falar sobre seu padrasto. Lembrou-se de como foi abusada por ele, de modo sutil: *passadas de mão, colos pouco inocentes, nojento!*

Lembrou-se que tentou falar com sua mãe, que ela achara que ela estava apenas *jalouse*. Na cena com sua mãe, Margot chorou, queixou-se do padrasto, mas sua mãe não pediu perdão.

*Você já era grandinha, se protegeu sozinha, não foi? E afinal não aconteceu nada e depois eu me separei dele. Ele não era seu pai e homens são assim mesmo...*

Margot nunca mais falou sobre o perdão do filho. Nas sessões seguintes, trabalhou muitas vezes sua relação com a mãe *mulher esquisita, que tem muito dinheiro e não gasta*. Que rouba saleiros, pimenteiros e até guardanapos – *uma vergonha!* - dos restaurantes. O dinheiro da mãe, acumulado no decurso de três casamentos e aplicado em papéis seguros, em moeda forte, era com o que ela contava para saldar suas dívidas.

Margot também trabalhou sua relação com o marido, todas as frustrações que o trabalho, o estilo de vida dele, fizeram-na passar. No final de um ano de psicoterapia, conseguiu realizar um plano de pagamento de suas dívidas, estava comprando menos e tendo menos culpa quando comprava. Saiu de férias. No início do ano seguinte, alegou que seu plano de saúde não pagaria mais sessões, não retornou.

Pouco tempo depois, eu soube que seu marido estava em estado terminal, uma doença fulminante. Nunca mais a vi.

Nos anos que decorreram, algumas vezes, vi o filho de Margot na sala de espera ou saindo, ele também era atendido na clínica onde eu trabalhava. Gosto de imaginar que Margot encontrou mesmo um meio para se perdoar e seguir em frente e que, de um modo ou de outro, seu filho também encontrou meios para crescer.

# Viagem

*Paris.* Ela falava com um sotaque francês carregado. *Paris.* Pronunciava como uma palavra mágica e a sala contaminava-se daquele desejo que também era meu. Subitamente, meu tablado era a *Place des Voges* em uma noite enluarada ou a margem esquerda do Sena, a vista da *Pont Neuf* no fim da tarde... Ou *Montparnasse*, ou...Viajávamos as duas em cenas vividas, temidas cheias de odores e sabores. Para ela, tempos de descobertas, para mim, de sonho.

Marilene trabalhara como *au pair* por dois anos, em Paris. Do interior de Minas até Paris, uma trajetória de deslumbramento e opressão. Marilene foi cuidar da filha de um casal de franceses. *Viajar, aprender, guardar dinheiro*, como ela imaginava embarcando no avião. *Quem sabe conhecer um homem estrangeiro e morar na Europa*, como escrevia sua mãe nas primeiras cartas.

Uma viagem de sonho, sem dúvida. Aprendeu muita coisa, aperfeiçoou o francês aprendido com uma tia professora ainda em Bom Despacho. Em Paris, Marilene não conseguiu guardar dinheiro, mas colecionou sonhos: sonhou ser a mãe da criança de quem cuidava. Sonhou casar-se com o músico que morava na casa ao lado e parecia tão atencioso, até que descobriu que ele era gay. Sonhou em cursar uma faculdade, mas o francês escrito não era tão bom assim. Um dia, os sonhos se estilhaçaram em decepções, Marilene teve uma crise, perdeu a visão. O médico diagnosticou *atteint d'hystérie* e recomendou a volta ao Brasil.

Marilene, chegou ao Brasil tranqüila, mas ainda sem conseguir enxergar bem. Não aceitou voltar para Bom Despacho. *Como vou me tratar lá?* A tia, a que sabia francês, era casada com um político, estava morando em Brasília e concordou em recebê-la e custear o tratamento psicoterápico.

*Paris*. Marilene queria *ficar boa para voltar para Paris*. Temia essa viagem, mas temia mais ainda a viagem de volta a Minas. Viagem era o seu único tema, a vida em Brasília era uma *estação* um ponto de parada na sua viagem de retorno a Paris.

Viagens prosseguiram como tema de Marilene por muito tempo. Viagens que ela nunca fez. Quando consideramos encerrado o seu processo psicoterápico, ela voltou para sua cidade natal. Nunca esquecemos Paris.

# Homens Sensíveis

Homens que pretendem viver de atividades artísticas têm que enfrentar – além de seus próprios demônios, que são muitos quando se é particularmente sensível – a pressão do sucesso, de realizar as expectativas do papel de provedor. A pecha de não ser adulto, de não ser "homem de verdade" persegue suas escolhas desde muito cedo.

Thiago é músico, roqueiro.

*Ok, você continua na banda, mas faz a faculdade. Qualquer uma. Depois, faz um concurso.*

*Não, pai. Eu quero ser músico. Mú-si-co!*

*Mas você vai viver de quê, Thiago?*

*Ora, pai! Vou viver do meu trabalho!!!*

Matheus estuda artes plásticas, pintura.

*Menino, crie juízo! Que vai ser pintor, que nada! Só se for pintor de paredes. Esse curso é para ser professor, professor de Arte. Professor ganha menos do que pintor de paredes.*

Bernardo é escritor, poeta.

*Sabe, meu pai me incentivou a ler, a escrever. Desde menino, ele lia Drummond para mim e também Bandeira e Suassuna. Os franceses e ingleses na adolescência, ele é fã de cummings. Ele também escreve. Quando mostrei meus primeiros poemas, ele se emocionou. Encaminhou até para uma editora... Mas agora é esse inferno! Eu quero fazer o vestibular para Letras e ele insiste que eu sou inteligente e deveria fazer Comunicação, já que escrevo bem, ou quem sabe Arquitetura, porque também gosto de desenhar e posso ser autônomo... Ah, que saco!!!!! Vou me inscrever para Comunicação aqui e sei que não vou passar... Faço vestibular para Letras no Sul e como ele vai preferir que eu faça isso a nada, aproveito e saio de casa.*

Uma escolha profissional mais afeita aos gostos ou medos da família é uma estratégia, uma estratégia de fuga. Fugir às vezes custa caro, anos, uma vida.

Daniel é médico.

*Sonho em me aposentar desde o dia que comecei a trabalhar. Não, acho que foi antes... Desde a faculdade. Fiz vestibular para Medicina porque achei que não iria passar. Passei, mas fui um aluno medíocre e logo ingressei no serviço público. Em 30 anos, não fiz nada especial, sou só um burocrata. Agora, completei o tempo para a aposentadoria e não sei o que fazer. Eu ainda faço um ou outro desenho, mas não quero ser um artista medíocre. Não posso me aposentar agora.*

Escolher segundo as próprias convicções não é negar as expectativas sociais, é testar os limites da resistência a elas. Ser sensível, não significa ser fraco.

José é ator.

Madalena (irritada): *Tá, tá, eu entendo, não pintou nenhum trabalho. Mas, veja bem, eu não posso sustentar a casa sozinha. Você tem que arrumar um trabalho fixo. Senão, me separo!*

Madalena (sedutora): *Aceita fazer aquele comercial, vai... Você pode ser artista na TV... Você fica tão bem no vídeo...*

José (firme): *Madá, você sempre soube que eu sou ator, ator de teatro. Por princípio, eu não faço comercial nem propaganda política. Você quer mesmo separar por isso?*

Ser homem e sensível é, ainda nesses tempos em que o feminismo parece ter alcançado algumas de suas metas, um fardo que homens e mulheres carregam com dificuldade.

## Aposentadoria

Passou a chave na porta e, pela última vez, apagou a luz.

Em janeiro, depois das férias de verão, viria o outro terapeuta, um jovem de 27 anos que alugara o imóvel.

Como ouvira de tantos obsessivos atendidos nos últimos 35 anos, sempre dispostos a verificar se fecharam efetivamente a porta, voltou e, mais uma vez, empurrou para baixo a maçaneta. Sim, fechara.

Caminhava com alguma dificuldade culpando sempre algum osso que anunciava o desejo de não se mexer.

De tanto ouvir, aprendeu algo dos humanos. De quase não falar, aprendeu muito de si próprio.

E lá se foram milhares de adultérios, de amores proibidos, de golpes baixos, de enterros nunca acontecidos. Tantas dores, tanta solidão, tantas pílulas...

Enquanto liga o carro para ir embora, sempre às 21 horas, pela ultima vez pensa que o ser humano merecia um lugar melhor, outros seres humanos melhores. Sabe que fala de algo - o ser humano - como uma entidade abstrata. Logo se corrige: preferiu sempre falar da condição humana, essa sim, execrável.

Vai sem nenhuma saudade, sem nenhum alívio.

Em qual outra profissão poderia ter aprendido tanto sobre a humanidade?

Talvez não quisesse ter sabido tanto... Mas agora era tarde demais e nada poderia ser feito.

Olha no espelho, tantas rugas, tanto cansaço... Ri para si e pensa que já foi um homem muito bonito.

Mas a juventude volta quando pensa que, no domingo, parte com a mulher amada para um prometido paraíso caribenho.

E fingirá ser um turista qualquer.

De agora, até para sempre.

# Profissão

Olhava meu filho com a namorada pelo reflexo da tela do computador.

O fato é: ele é uma sombra, um rascunho, um projeto. Na tela, esse esboço aparecia nuançado, sem a namorada, que ria e ria.

Ele tentava, ou não, sair da adolescência. Eu esperava o dia de dizer: *Esse é meu filho*. Se possível com um ponto de interrogação. *Como era possível ele ser assim, tão diferente de mim?*

A beleza absurda lá estava, de alguma genética perdida, já que nem eu, nem a mãe somos seres dotados de qualquer estética diferenciada. Aliás, as duas famílias são absolutamente comuns. Ele não é especialmente inteligente, mas estranhamente arguto. O mais estranho, entretanto, é a capacidade de desligar-se da realidade. Sempre voando, voando em mundos muito raramente comunicados para os pais.

Lia sobre civilizações antigas, sobre cenários e espécies da pré-história, cidades góticas... E sobre astronomia, astrologia, seitas ocultas.

Eu e a mãe dele, juntos, falamos sobre *onde foi que erramos?*

Perguntamos-nos sempre se *isso* poderia desaguar em alguma profissão...

## Elementos para a construção de um masturbador

Ele tinha a receita: controles e seduções. A sexualidade deveria ser aludida, jamais explicitada. Ou seja, ela não deveria ser nunca diretamente anunciada, mas aparecer sutilmente nas estrelinhas, nos risinhos, nos não-ditos. Mas também na negação do desejo, nos olhares camuflados.

Mais que mistério. Verdadeiro elogio às coisas que toda criança não deve saber, nem deve querer saber. E, sim, deve saber que existem na inacessibilidade. De fora. E aí, gozar, no escuro, no obscuro, nas penumbras... Sem falar, sem gemer porque aí já ultrapassa o desejável. E limpar sempre toda a porra, cuidadosamente. As meninas são mais limpas...

Ele tinha a receita e sabia do que estava falando. Fora seminarista e treinou muito e muito os rituais da sexualidade. Pernas, coxas, traseiros... Tudo precisa ser imaginado, contemplado longamente. E sonhar com sonhos, cores das carnes e de pelos dentro dos uniformes.

Nunca se casou. Jamais encontraria uma mulher que pudesse dar conta de tantos rituais.

## Ser ou não ser

Eu sou a circunstância. Eu sou o meu trabalho. Eu sou o meu casamento. Eu sou o livro que leio no momento. Eu sou a minha casa. Eu sou os meus filhos. Eu sou qualquer coisa que me interesse.

Ou eu não sou.

## Destino

I Ato

Nossa família é sólida.
Pudera.
É constituída por engenheiros e engenheiras.
Explico: meu avô é dono de uma empresa de construção, a Constrular.
Minha avó foi professora.
Meus tios e minhas tias são engenheiros. Todos.
Meu pai, claro, é engenheiro.
Não, não. Não pense você que alguém trabalha contrariado.
Todos têm - como dizem?- vocação e talento.
Você acha que, aos 17 anos, eu consegui escapar?
Não, claro que não.

II Ato

Não dormi, de novo está noite.
Insônia ou sonhos com cálculos.
Provas e listas de exercícios.
Em todos, tiro zero.

## Epílogo

Mandei um envelope para o meu pai.
Dentro dele, o diploma e um bilhete.
Algo tipo assim: fui!!
Peguei um ônibus para o nordeste.
Acho que para sempre.

# Amoreterno

Amar é ter fome na mesmíssima hora e um cartão de visitas com os dois nomes juntinhos, mesmo que de profissões diferentes. Todos devem saber os nomes dos amantes e quanto eles se amam. Amar é contar tudo para o outro, mas-tudo-mesmo.

Amar é fusão: fundir-se cada vez mais e mais e mais fazendo desaparecerodesejo do indivíduodemodoquenadanemninguémseintrometanesseamorlindolindoquefaz pessoasseremnadanada.

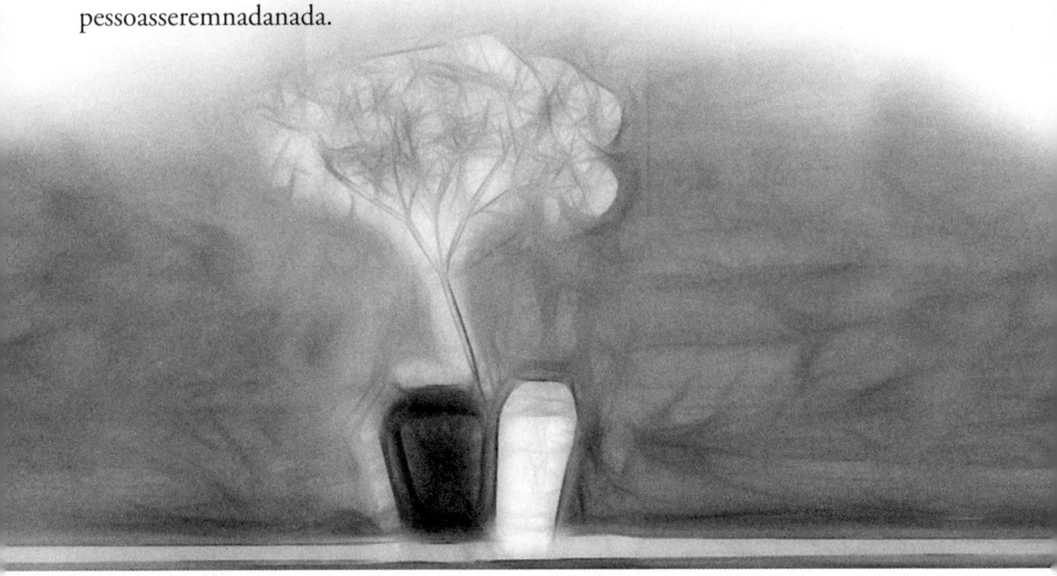

## As não conversas

Minha mãe acha que não sou suficiente para a profissão que escolhi. Que o prédio irá cair. Os cálculos talvez estejam errados.

[*Qual é o prazer em me deixar tão impotente? Por que precisa de mim assim?*]

Minha mãe tem chiliques com meu pai. Acha que ele pode trair. Que qualquer dia destes vai beber demais. Que vai comer qualquer piranha por aí.

[*Você se acha tão pouco atraente assim?*]

Minha mãe é a melhor amiga da minha irmã. Diz que é preventivo. Que é preciso ficar por perto porque ela pode arranjar homem errado. Que só têm picaretas na praça.

[*Você morre de inveja dela... Ela é jovem, linda e, para seu azar, muito sexy!*]

Minha mãe faz qualquer coisa para proteger a família, fazer manutenção dos laços. Programa festa disso e festa daquilo. Diz que seus pais foram muito felizes, que seus avós também foram, que a tradição está se desmanchando em função de uma modernidade idiota.

[*Você tem horror de pensar que um dia pode ficar sozinha...*]

.

.

.

*Eu teria tanta coisa para te dizer, mãe, mas temo que você não suporte. Por isso, tudo fica na minha cabeça, pesada. As falas que não saem tomam meu corpo e minha vida. E você se defende, acusa, acusa... Não sei se quando você morrer as falas irão também. Por enquanto, o que me amarra é uma enorme pena, pois você está irremediavelmente sozinha. Minha irmã não ficará aqui muito tempo, meu pai já tem várias amantes e eu me caso no próximo ano e vou morar em Porto Alegre, como você nega...*

[Pobre mãe... Tudo já acabou.]

[...]

# Amor Universal

Pedro gostou de Fátima, uma portuguesa que vivia na Holanda, desde a primeira teclada. Ela era divertida, alegre, inteligente. Desaparecia de tempos em tempos, mas depois voltava e a coisa virou amor. Bem mais dele do que dela. Não encontrava mulher assim no Brasil.

João, brasileiro que fazia pós-graduação em Londres, e amigo de infância de Pedro teclava com John (João e John, que coincidência!!), mas com o codinome de Célia, uma carioca quente e sexuada. Não era fácil para John acreditar que Célia não tivesse uma câmera para que a virtualidade fosse ainda mais quente. João, no entanto, era apaixonado *desde-de-a-infância* por seu amigo Pedro, que continuou morando com os pais em São Paulo. A bem da verdade, nunca houve nada entre os dois, a não ser brincadeiras na infância. Mas Pedro *ficou* inteiramente heterossexual e a coisa não andou.

Fátima, isso Pedro ainda não sabia, tinha algo que os psiquiatras chamavam de bipolaridade, o que explicava os períodos de desaparecimentos, justificados pelo estudo e trabalho intensos. Mas Pedro, apaixonado que estava, vasculhou o Orkut de Fátima e ficou amigo de uma outra brasileira que também morava em Amsterdã. Clara era uma baiana, casada com um artista francês, e entediada com as horas e horas de solidão com o marido pintor e rico, não saia da frente do computador. Pedro, então, interessado na vida na Europa, do ponto de vista de uma brasileira, começou a conversar com Clara pela internet. O intuito (e foram precisos meses para atingí-lo) era, evidentemente, saber de Fátima.

Fátima conheceu Claude, o francês marido de Clara, numa vernissage e adorou os quadros radicalmente coloridos e tropicais, produção gerada pela paixão que tinha por Clara. Clara era uma garota de programa em Salvador, cidade em que Claude passou as férias do verão europeu, e meses depois ele se casou com ela no Brasil e na Holanda, com família e tudo mais. Na verdade, Claude - e nem ele sabia disso - fez o que sempre desejara: casou-se com uma puta. Não acreditava que isso tivesse implicações maiores.

Fátima logo ficou amiga de Clara, uma mulher solar vivendo um tanto quanto melancolicamente na Europa. E Clara *pre-ci-sa-va* falar português de vez em quando, mesmo que fosse português de Portugal. E as duas se encontravam na melancolia... E quando Fátima ficava animada, Clara achava que a Bahia entrava pela porta... E Fátima facilitou a vida de Clara por lá, apresentou amigos e coisa e tal.

Um dia falou de Pedro para Clara, que, por sua vez, tinha amigos virtuais até onde sua capacidade lingüística chegava. *Pedro, de São Paulo?* Seria o mesmo?

Pedro, ao ser inquirido por Fátima, disse que tudo era uma enorme coincidência, mas aí ele já sabia que Fátima tinha uma bipolaridade, que era tratada por um ótimo médico etc. Começou a *desencanar* de Fátima e se interessar por Clara que parecia mais autenticamente alegre.

John, por sua vez, precisava conhecer Célia. João fotografou uma amiga brasileira, na praia, quando veio ao Brasil. E não teve dúvida: enviou as fotos em poses *sou-gostosa* para John. Este enlouqueceu de paixão e sei lá mais o quê. Queria porque queria ir para Londres conhecer essa maravilhosa mulher. E o amor aumentava quanto mais Célia se fazia de misteriosa.

Muitos outros personagens entraram na história. Ela teve momentos felizes e infelizes. Mas todos eles tinham uma impressão fantástica de atravessar o planeta e que era possível, finalmente, realizar o amor – feliz ou infeliz – universal. E era isso o que importava, era isso o que os unia...

## A vida íntima com meu pai

Sempre foi um mistério para mim: quem teria sido meu pai?

Lembro de alguém, na infância, apontar um rosto e dizer: *aquele é seu pai*. O rosto não lançou um olhar para mim. O vazio no registro civil era uma humilhação, um vazio, uma libertação.

Construí, a partir disso, muitas histórias. Os muitos nomes dele, histórias para ele, justificativas para ele. Preferia acreditar que fosse bom, que não fosse um cafajeste, como ouvi de minha avó, um dia, escutando atrás da porta.

As explicações eram sempre ralas, improváveis. Um dia me cansei e não perguntei mais.

Uma mudança, no entanto, aconteceu quando minha mãe morreu. Nos dias que antecederam sua morte, ela me disse: *este é o nome dele e esta é a cidade dele*. Apenas isso, enquanto apontava um cartão amarelado.

Os meses se passaram e um dia comecei a procurar pelo homem.

Foi facílimo encontrá-lo no pequeno povoado do interior de Minas Gerais. Morava com sua mulher. Era senhor com mais de sessenta anos. Eu disse sem muitos rodeios quem eu era. O homem não mexeu nenhum músculo. Apenas disse *Ah, tá bom...* como se esperasse por isso fazia muitos anos. Ficamos nos olhando por curiosidade checando as semelhanças e diferenças, em uma espécie de jogo dos sete erros. A esposa trouxe um cafezinho feito na hora em uma xícara branca. Falamos sobre o tempo, sobre morar na cidade grande, sobre as chuvas. E nada mais.

Eu não sei porque, mas preferi continuar brincando com os meus inúmeros pais, na imaginação.

## Cachorrar o mundo

O cachorro morreu na sexta.

A casa ficou vazia, mas o cheiro do pelo tomava conta de tudo.

Morri.

Morremos.

Foi embora o universo doce, dos olhos que os humanos quase nunca ousam mostrar, da maciez da desproteção, da imponência da fragilidade.

O mundo ficou pior.

Mas, amanhã de manhã, busca uma nova cachorrinha.

# Em família

Não suportava a mãe dele metida em roupas com números sempre menores e o arzinho de *quem-já-viveu-bem-mais-que-você-minha-filha-e-portanto-sabe*.

Aquele irmão dela, sempre alegre, com um excessivo bom humor e umas pitadas de auto-ajuda. Lá vem ele. Sorria.

E o pai dele? Sempre isolado, como se guardasse um segredo de Estado.

O primo bichinha que no inverno insistia em usar echarpes longuíssimas e nos almoços longuíssimos insistia em trazer um namorado novo para mostrar o quanto era moderno e liberal.

A irritação maior, para ele, vinha do tio papa hóstia, moralista, mas que foi visto em uma avenida suspeita da cidade. Não, meu filho, não é aquela frequentada por putas. A outra, aquela em que circulam as travecas desavergonhadas.

O irmão, então, mão de vaca que nunca, mas nunca mesmo, paga a parte que lhe cabe nos longuíssimos churrascos.

E a sonsa da tia? Sempre disfarçando.

A sobrinha, que felizmente nunca aparecia, pois entrou para uma seita indiana. Coisa mais fora de moda...

Pensando estas coisas e muitas outras mais, eles se sentaram, muito elegantes, para a ceia do Natal.

# Morte

Ele diz.

Eu me retorço.

Sim, na fantasia a Virgem abre o manto e se mostra inteiramente nua. O Cristo, mesmo crucificado, tem o pênis ereto e poderoso por baixo do pouco pano claro que envolve seu corpo. A igreja é um lugar muito, mas muito erotizado para ele. Uma imaginação abominável, digna de muito castigo.

Pior ainda quando começa a ter, ele próprio, ereções durante a missa, correndo o risco de ejacular quando o padre eleva a hóstia sagrada. Ou quando sodomiza algum santo ou santa de alta estirpe. Horror, horror...

Recuo para os doces presépios da minha infância, nas azuis noites orientais e frias de meu catolicismo poético com uma Virgem assexuada, uma José velho e submisso e com um deus menino absolutamente divinizado na sua brancura ocidental. Por que saí de minha bolha santa?

Todo o imaginário católico estava lá, devassado. E ele não era, de modo algum, o Marquês de Sade, mas um homem comum e culpado.

Ele chora.

Várias vezes por semana vai ao túmulo do filho morto, logo seu primogênito, a quem ele não conseguiu salvar. A culpa o derruba com bombas lançadas para a implosão do precário edifício-corpo magro e operário.

Nada melhor que fantasias sexuais coladas no Cristo e na Virgem para melhor puní-lo. Punição (des)exemplar, de eficiência comprovada.

Os ventos frios de abril sopravam, os trigais balançavam. Naquele tempo, Deus cuidava de tudo. O mundo era harmônico para ele, um homem de bem. Toda a sexualidade ia para o lugar onde Deus mandava. Ele vivia inundado pela graça divina. Chegava a flutuar de tanta santidade.

Lembra bem do dia que Deus o abandonou, lembra da condenação dada pelo médico. O que teria feito ele para merecer tamanho castigo? Não consegue entender o mundo da tragédia, da doença, da morte, quando Deus faz de conta que não vê nada, não faz nada. Fica parado, como que contemplando sadicamente os pequenos mortais que, como uma pétala tragada pelo vento, imploram, imploram sem resposta. Foi quando mandou Deus se foder. Aí começou tudo, a guerra santa. Orações e blasfêmias, pedidos de perdão e violência contra o corpo, ódio e depressão.

O corpo do filho-que-já-não-é-mais-seu, mas Dele, friamente Dele, o Monstro voraz que precisa da carne humana para sobreviver, desce para a terra e será asfixiado.

O caixão preto de minha avó é levado pela aldeia. Santificado pelo padre, seu pobre corpo, corroído pelo câncer vai embora. Teria feito eu, menino livre, algo de mal? Por que logo ela, em quem eu pendia e dependia tanto?

Mas sua culpa é muito antiga e existia antes mesmo de Deus cuidar dele. Existia quando seu pai olhava de modo duro, sem piedade e esse olhar queria dizer que ele era um tremendo peso. Que o nascimento afastou do pai a mulher por quem ele era apaixonado, que um filho era uma lástima, um erro escarrado.

E foi por isso que se casou cedo, por isso quis modificar o destino tendo um filho e - milagre! – era um menino! Gostava de ser um pai jovem e bonito, carregando um filho lindo nos braços. Todos admiravam sua paciência, seu carinho para com aquele bebê. Agradecia a Deus por isso, por poder ser o pai que o seu pai não foi. Seu filho jamais passaria pelo que ele passou.

Culpas entrelaçadas nessas mortes ostensivas, definidoras. Marcas cravadas como canivete na árvore da vida.

Longe, longe onde o horizonte é azul, perdido no tempo, em um passado-futuro de cinema, o mar é doce. Ouço Bach, tenho na mão uma colher de doce de abóbora com coco. E nenhuma culpa, pois no peito a brisa é fresca e ocupa tudo.

# Loucura

O corredor cheira o tempo amarelado pelos xixis-remédios-eletro choques. O arquivo verde e pesado que eu abro com o consentimento da médica, mas devidamente inspecionado pela psicóloga com a anuência da assistente social, tem um sub-cheiro, variação do amarelo do corredor mais o sufoco dos prontuários.

Lá estava a pasta dela: Ivonete. Mas poderia ser Joana, Maria Helena, Djanira, Das Dores. Todos estes nomes brasileiros carregados de demandas, descendências, esperanças, tudo recoberto pelo glacê da inconsciência.

O prontuário não é novo. Tem marcas de todos os doutores que a medicaram e que talvez tenham tido a fantasia grandiosa (loucos!) de cura. Anotações de algumas entradas e saídas, altas, descrição de melhoras e pioras.

Ivonete faz um balanço em sua cadeira com olhar perdido. Mas pode ser magnífica em outras horas.

Junto com a descrição de como se deu o primeiro surto: "*A paciente diz ser a Virgem Maria, diz estar operando milagres, diz que seu hímen está sendo reconstituído, diz que salva pessoas de acidentes, diz...*", há desenhos, cartas, bilhetes recolhidos pelo setor de terapia ocupacional do hospital. Desenhos totalmente sem forma, feitos a lápis e por cima, massacrando as linhas, rabiscos de giz de cera, revelam um talento interessante, mas abortado pela loucura.

Ivonete sorri, gentil, quando conversamos e despregamos signos aéreos, de pouca valia para o mundo dos vivos, mas de grande interesse para pássaros e anjos. Eu sei. Ela não me vê. Ela não vê ninguém. Somos apenas candidatos a pedidos de milagres dos quais ela necessita para dar conta de sua usina de culpas. Caso consiga operar milagres, é boa (sic). Se não o faz, é uma monstra (sic).

Guarda ainda as letras redondas e mineiras de professora do interior. Cartas e bilhetes são endereçados para seres anônimos, com a lógica inapreensível para outros sem a chave do sagrado de seus textos. Outros escritos para o seu pai, morto, cheio de pedidos de clemência e perdão, informando de sua virgindade de moça direita.

Nenhum de seus escritos fala dele. Não e não. Seu nome não pode ser pronunciado jamais, pois o pai, no céu, lugar evidentemente adequado para seres de tamanha bondade, pode ficar chateado.

O relato médico nos diz que o pai morre ao saber da perdição de Ivonete com o filho de um inimigo, vizinho de fazenda. A desavença, a bem da verdade, não é exatamente entendida, pois o motivo primeiro está perdido na neblina dos anos e nem ninguém sabe direito o que aconteceu (sic).

A família de Ivonete não faz qualquer acusação: o enterro segue lento, patinando na culpa silenciosamente imputada a uma paixão descontrolada. Ninguém diz nada. Apenas o vapor cáustico da culpa corrói tudo, destrói tudo.

O sorriso doce e distante de Ivonete reitera a desconexão daqueles que habitam um outro mundo, o paraíso e o inferno, andaimes invisíveis construídos nestes quartos e corredores por onde ando.

# Segredos

Os segredos familiares se nutriam de outros segredos, ela sabia. Havia necessidade de muito arranjo para que fosse perdurado no tempo aquilo considerado feio, sujo, pecaminoso, errado ou simplesmente inadequado. O FBI, diz ter lido ela em algum lugar, não garante mais que 15 dias de sigilo e é, nesse período, que os agentes devem agir.

Na primeira vez que teve certeza que seu irmão lesava a empresa da família, sofreu no bolso e na alma. Eram apenas três herdeiros da empresa ainda comandada pelo pai, mas apenas ela e seu irmão eram diretores. A outra irmã se casara com um médico, cirurgião plástico e freqüentador de colunas sociais, e ela apenas recebia uma vultosa soma mensal em sua conta. *Conversaria com ele?*, questionava-se na época. Tinham um pacto silencioso que dizia respeito às traições de ambos: ele fazia vista grossa para um romance paralelo que ela mantinha fazia muito tempo com um amigo de colégio e ela para algo muito mais proibido. Desde a adolescência ela sabia de escapadas homossexuais do irmão. Leu uma carta apaixonada de um amigo, encontrada em um bolso de um casaco. *Como pode esquecê-la, assim, sem mais...?* Havia negócios da empresa em diversas cidades do país e também no exterior. Tinha certeza que eram momentos de liberação do irmão. Ele, por sua vez, havia flagrado diversos e-mails e ligações telefônicas com o tal amigo. Em todas estas ocasiões os olhares se cruzam e, sem palavras, cada um segue seu caminho. Havia, no entanto, neste pacto, algo como uma ameaça velada do tipo se-você-contar-eu-te-delato e você estará frito(a).

Aforante isso, era uma família absolutamente estruturada: ela, 41 anos, bonita, devidamente cuidada por ginástica e cirurgia plástica. Seu casamento já tinha 17 anos e marcado por uma enorme comodidade. Seu marido era alguém afável, que fazia qualquer coisa para não brigar. Seu irmão, por sua vez, era casado com uma mulher histérica e superficial, linda e ansiosa. Não sabia se gostava ou não dela, mas isso não era a questão. Ela entrava e saia, sempre linda, perfumada e bem vestida. Gostava, sim, de seu sobrinho de 13 anos. Sensível, inteligente e, possivelmente, futuramente um homossexual. Com a outra irmã, muito mais nova, a relação era protocolar. Felizmente, os encontros familiares eram apenas por ocasião do Natal. Nas outras datas importantes, não havia imposição de reunião, já que não eram exatamente agradáveis. A superficialidade era tamanha que ninguém conseguia fingir tanto por mais de duas horas.

O roubo do irmão surgia como algo desestruturante nesse quadro relativamente estável, na sua *loucurada*, como ela chamava. Seu pai e sua mãe pouco sabiam da empresa, em um daqueles casos que os negócios andam, apesar de quem os dirige. Ele tivera outras mulheres a vida inteira, ela sofria com isso a vida inteira, eles brigaram a vida inteira, ele e ela tiveram muitas culpas a vida inteira, ... A vida feita de repetições dolorosas, mas conhecidas, e, por isso, absolutamente suportável, pareciam dizer.

Para que ele precisava fazer aquilo, já que era um homem, achava ela, rico? Não tinha vontade de conversar com ele sobre isso, pois poderia puxar coisas desagradáveis, nas quais não tinha vontade de mexer. De falar, por exemplo, das trapaças do pai com amigos políticos militares quando ele era jovem e se valia de todo e qualquer expediente para subir na vida, de como tinha que comprar a polícia para esconder o uso de drogas do filho mais velho da irmã e que, apenas ele e o cunhado sabiam, mas ela, obviamente, tinha certeza, mas não falava...

Enfim, a lista não terminava por aí.

Era melhor deixar por isso mesmo.

# Sonhos

Um tipo estranho e pouco convencional. Tinha algo de antigo e parecia não se ligar no nosso tempo. Disse que não era muito chegado a psicólogos e afins (com estas palavras), mas fazia uns anos (20? 30?) que tinha um mesmíssimo sonho.

O sonho, ao contrário de tantos outros que tivera, era repetitivo, igual, igual nos detalhes, em tudo. Ele abria uma porta que dava para um escuro. Quando acende a luz, o sonho termina. O aprisionamento no sem fim das repetições o incomodava demais.

Seus filhos já tinham saído de casa. Seus netos já eram crescidos. Vivia na santa paz de Deus com sua mulher em um casamento feito de... Repetições. Mas era bom, confortável, doméstico, silencioso.

Nas narrativas das primeiras sessões, contou que já teve casos com outras mulheres nestes anos todos de casado. Trabalhou muitos anos viajando e isto possibilitou ter outros relacionamentos que ajudaram a manter seu casamento vivo. Voltava para casa culpado e com flores, chocolate, uma blusinha. Ela adorava: talvez pressentisse a culpa, mas melhor isso do que um casamento tão sólido se desmanchando.

Eu pensava nele como um personagem de Nelson Rodrigues, tão conservador, tão cruel na sua sabedoria, tão lógico na sua loucura.

Mas doutor, e o sonho? Sonhei de novo...

Peço para que ele se veja no sonho e abra a porta, acenda a luz...

Porra, doutor, nada...

Parece que era cedo, ainda, para ele iluminar a sala.

# Pedofilia

A pergunta era séria - eu não estava brincando - e a fiz várias vezes: sou um pedófilo? Não, não e não, respondia insistentemente. As crianças não são objetos de meu desejo. Sim, mas se sou um ser humano como tantos outros, por que eles, os pedófilos, sentem isso e eu não?

Quem eu desejava era algo evidente para mim, mas ele me incomodou.

Ele era muito parecido comigo no modo de ser e pensar, tinha algo de intelectual, pertencia à mesma classe média, lia livros da mesma lista que eu lia... Mas desejava meninas de 11 ou 12 anos. Era casado, mais ou menos 40 anos, filhos em idade escolar. Uma profissão charmosa e uma mulher bonita (mostrou uma foto da família) compunha aquilo que os padrões ocidentais de sucesso indicariam o máximo de felicidade possível para nossa civilização.

Eu esperava um monstro. Ele era homem magro, bem vestido, inteligente. Gostava de música refinada, de filmes de arte... Não. Nada parecido com alguém visguento, barba mal feita, babão... Desejando sexualmente criancinhas. Qualquer mãe desejaria que sua filha se casasse com ele.

Sua história, no entanto, era subjetivamente vivida como episódios de fracassos e toda aquela aparência saudável e bem sucedida o acobertava. Era suficientemente rígido para nunca ter molestado (essa era a palavra usada pelos jornais para casos de pedofilia) ninguém. Pode ficar sossegado, ele me dizia. Nunca vou fazer nada contra ninguém. Seu horror, no entanto, eram as fantasias. Elas eram muitas e fortes. Recorria, frequentemente, aos sítios da internet (sim, eles são muitos), já que, como profissional liberal, ele trabalhava sozinho em uma sala em um belo prédio no centro da cidade.

Tinha uma vida sexual tranquila, para usar sua adjetivação. Sua mulher necessitava mais de afeto do que de sexo. E ele tinha muito afeto. Pensa que escolheu inconscientemente uma mulher com algo de menina, cheia de sonhos, romântica. O sexo só teria função muito, mas muito no final da cena do mocinho e mocinha. Para ambos, portanto, a coisa ficava bem equilibrada, avaliava ele.

Suas meninas, aquelas da fantasia, também eram assim, mas bem mais lolitas. Eram ingênuas, mas colocavam seu pênis na boca como um pirulito com certa facilidade. Eram a encarnação da safadeza em um corpo de menina. E todas o adoravam, achavam seu corpo o máximo, seu pênis descomunalmente grande, e, além disso, o máximo em inteligência e esperteza. Não é preciso dizer que não era isso o que ele via no espelho, concreto ou metafórico, independentemente de qualquer verdade um pouco mais objetiva que a vida lhe oferecesse.

O centro de sua vida era seu pai: extremamente exigente, de competência reconhecida pelos pares, galanteador com todas as mulheres, com amantes (descobrira ele na adolescência...) espalhadas pela vida. Minha mãe, dizia, socialmente doce e sofisticada, mas ausente afetivamente. Não era com ela que meu pai se satisfazia em qualquer âmbito. Talvez fosse ela o centro da minha vida, na sua distância e mistério de uma mulher que, possivelmente, nunca tivera um orgasmo. Mas ela era que o pai queria, negociando com a demanda social, numa sociedade sempre atenta e exigente, pelo menos na cabeça dele. Era ela, uma dama na sociedade, dormindo no quarto ao lado.

Era ela, mãe de apenas um filho, único, perfeito, bonito e inteligente. Hipócritas e normais...

Quando conversa com o pai, em uma cena psicodramática, revela uma enorme inveja, mas também desprezo pelo seu aparente sucesso. Em outra cena com a mãe, humilhado, implora e pede carinho. Ela responde que homens fortes não precisam dessa bobagem. A distância afetiva é imensa. O entendimento é apenas intelectual, objetivo. Não se sente à altura do pai e culposo por não conseguir o amor da mãe.

Nesses momentos, seu desamparo é de uma verdade tão absoluta, sem qualquer defesa, nem sedução, o mundo poderia acolhê-lo. Eu não precisava mais imaginar exercícios de identificação com um sujeito com fantasias pedofílicas. Lá estava ele, solitário, abandonado, podendo dividir com outro ser humano este estado.

Depois de três anos, disse ter entendido tudo o que precisava e encerrou o processo.

O encontro aconteceu em um restaurante. Sentado ao lado de uma bela mulher, levanta-se quando me vê entrando com um grupo de amigos. Vem até mim e me dá um longo abraço, na entrada do restaurante. Está muito diferente. Tem barba um pouco esbranquiçada, mas ainda magro, mais maduro, mais doce. Diz que se separou da primeira mulher, seus filhos estão na universidade, seus pais morreram. Depois disso, resolveu tomar conta de sua própria vida.

# Viagem

Antes de tudo acontecer, quando o furacão não tinha passado pela sua vida, era um médico de 34 anos, vindo de uma família classe média, disposto a estudar para *ter um lugar ao sol*, como sempre disse seu pai. Casou-se imediatamente após a formatura, já tendo acertado a residência em um grande hospital ligado a uma grande universidade, com a Mônica, moça meiga e inteligente, sua colega desde o colegial. Tudo corria muito bem.

Com o dinheiro do trabalho de ambos, e com a ajuda do pai de Mônica, construíram uma bela casa. Antes disso, alugaram um bom apartamento onde recebiam amigos do tempo do colégio, da universidade e os novos amigos, feitos especialmente entre colegas de trabalho de ambos.

Ele foi, aos poucos, aprendendo os hábitos de uma classe média bem mais alta daquela da qual viera: restaurantes mais finos, vinhos sofisticados, roupas que garantiam o passaporte para aquele mundo. Os amigos faziam esse mesmo percurso, ou já estavam lá, onde ele desejava chegar. Não tinha uma ambição (muito) desmedida ou nem deixava transparecer qualquer coisa do tipo. Era doce, aplicado e talvez, as mulheres notavam, um pouco bonzinho demais. Alguém discreto, que não incomoda. Aliás, o casal era querido justamente por isso: não eram criadores de caso, eram simpáticos, eram adequados nas situações sociais.

A vida do casal poderia ser muito diferente disso, mas não era. O dia a dia seguia absolutamente tranquilo, sem grandes emoções. Faziam sexo regularmente, sem grandes arroubos. O amor era sereno, tranqüilo. Ele diria, um tempo depois, *tranquilo demais da conta* duvidou que fosse amor. Perguntava sempre sobre isso: *Amor é calma ou é loucura? Loucura não é uma coisa mais própria da paixão?*

Fizeram algumas viagens para o exterior: duas delas custeadas pelos grandes laboratórios que investiam em jovens e promissores médicos que se dedicavam àquilo que interessam aos lucros das empresas farmacêuticas. Outras não. Foram pagas com o dinheiro ganho do próprio trabalho. E uma foi paga pelo pai da Mônica no aniversário de 30 anos dela. Viagens que nenhum primo dele jamais poderia sonhar. Tinha facilidade com línguas e aproveitou para melhorar o inglês e o francês.

Filhos? Deixavam para *mais tarde*, quando tivessem vivido tudo o que a juventude facilitava. Quando tivessem uma casa maior, quando pudessem pagar empregados para cuidar do bebê. Mas, certamente estavam (*mais de um...*) nos seus planos. Mônica começou a falar mais disso nos últimos tempos, antes do furacão. Começou a discutir sua idade, falar coisas como: *Todas as minhas amigas já têm bebês... Para a mulher, a maternidade é muito importante...*

Neste ponto, um congresso internacional de medicina o empurrou para o nordeste do país. Congresso para ele era coisa séria: momento de atualização, de trocas com colegas que estudavam e pesquisavam. Não gostava de levar a Mônica para estes encontros profissionais, pois eram muito absorventes. Nas poucas experiências que tiveram a Mônica ficou deveras entediada. E, convenhamos, com toda razão. Falavam apenas de Medicina.

O pai de Mônica tinha uma empresa de tecidos e ela estudou moda. Quando os congressos de medicina aconteciam em grandes cidades era um bom momento para olhar vitrines, visitar lojas e fábricas. Não era o caso desse congresso. Ela e ele, de comum acordo, *acharam por bem* que ela ficasse. Mas, disse ele depois, se soubesse tudo o que estaria pela frente teria implorado para que ela fosse.

Nada de muito diferente aconteceu naquela viagem até o último dia do congresso: tudo como previsto, fizera contatos com colegas franceses e canadenses que faziam pesquisa de ponta na sua especialidade visando a uma viagem de estudos em Paris ou Toronto. Justamente com estes doutores e doutoras jantara na noite de sábado, véspera da viagem de volta para o sul. Era um único brasileiro do grupo e era constantemente requisitado para explicar a cultura do país: caipirinha, feijoada, violência urbana, candomblé... Enfim, falava o que sabia e sobre o que não sabia, mas era sempre aplaudido.

Não era um homem feio, mas por ser demais discreto conseguia passar despercebido. Não era o caso desse momento: estava no centro da roda e sendo observado por um bando de estrangeiros que ele mal sabia o nome, depois de todas as discussões, de todos os casos clínicos e teorias mais importantes. Perdera a noção do quanto bebeu naquela noite, fato absolutamente inusitado. Ele, sempre comedido, estava alegre demais.

Lembra quando acorda, o mal estar que tomava conta de seu corpo. Uma culpa terrível enchia tudo e achava estranho que fosse resultado da bebida. Memória de falas (*It´s OK! It´s OK!!!*), cheiros, pedaços de prazeres e dores. Acorda assustado com a hora (11) e o temor de perder o voo de volta. Um bilhete escrito em inglês faz elogios ao seu corpo, ao desempenho sexual e espera encontrá-lo brevemente.

Faz as malas em transe, toma um café, *check-out* e táxi. No avião, desembrulha o bilhete e, agora, vê o que negou. Tinha sido assinado por um tal Bob.